スクープ

今野　敏

集英社文庫

この作品は一九九七年九月、実業之日本社より刊行された
『スクープですよ！』を改題したものです。

目次

スクープ

第一章　スクープ

1

「布施《ふせ》ちゃん。どうよ、最近……」

六本木のクラブ、『カメリア』のバー・カウンターで、トム・コリンズをちびちび飲んでいた若者に、派手な風体《ふうてい》の男が声を掛けた。

クラブといっても、『カメリア』は、ホステス遊びをするような店ではない。ちょっとお洒落《しゃれ》で踊ることもできるような店のことだ。

布施ちゃんと呼ばれた若者は、いかにも遊んでいそうな雰囲気を持っていた。立ったままカウンターにもたれており、気だるげな風情で店のなかを眺めている。女を物色しているわけでもなさそうだ。

『カメリア』のなかの空気そのものを楽しんでいるような感じだった。

声を掛けたのは、明らかに、いわゆる業界人だった。彼は、自称ビデオのプロデューサーだが、実際は、タレントの脱がし屋だ。

以前は、大手芸能プロダクションにつとめていたらしいが、自堕落な性格で、楽をして儲《もう》けられる仕事を考えだした。ビデオ全盛の頃は、それなりに羽振りのいい生活をしていた。

しかし、バブルもはじけ、ビデオ業界にも翳《かげ》りが差した。彼は見栄だけでこの業界にしがみついているようだった。彼は、仲間内では、ゴキと呼ばれていた。

本名が五木《いつき》で、それがいつしかゴキになったのだ。

布施ちゃんと呼ばれた若者は、眠たげな眼でゴキを一瞥《いちべつ》しただけだった。

「布施ちゃん。毎日、ここに入り浸っているらしいじゃないか。景気がよさそうだな……」

若者は何も言わない。

「誰に聞いても、布施ちゃんの仕事を知らない。なあ、何やって食ってるの？」

「失《う》せな」

「え……？」

「俺に食らいついて、おこぼれにあずかろうったってだめさ。ゴキブリはゴキブリらしく残飯にたかってな」

布施は、フロアで踊る女性を眺めながら言った。ゴキを視界に入れたくないとでも言っているような態度だった。

ゴキは、一瞬、緊張した表情を見せた。だが、すぐに彼は薄ら笑いを浮かべた。

「きついな、布施ちゃんは……。俺は何も……」

「失せろよ」

その口調は静かだったが、ひどく冷たかった。

ゴキは、さすがに怒ってみせずにはいられなくなった。周囲に常連客も何人かいる。彼にも立場があった。

ぐいと顔を若者に近づけると、ゴキは言った。

「おい、布施ちゃん。俺だってなめられると黙っちゃいられない。俺には、組関係の知り合いがたくさんいるんだ。痛い目にあいたくなければ、俺にそんな口はきかないことだ……」

布施は、ゆっくりとゴキを見た。その眼には、怯《おび》えの色も反省の色もなかった。

「おっかねえな……」

彼はただそう言っただけだった。

ゴキは、気圧《けお》されたように顔を引っ込めた。彼は、きまり悪そうに周囲を見回し、肩をすぼめるとカウンターを離れた。

店内には、ゆったりとしたソファとテーブルが配置されている。ゴキは、常連の知り合いを見つけたが、そのまま『カメリア』を出ていった。

布施は、ダブルのスーツの埃《ほこり》を払った。一時期、金回りのいい遊び人たちの定番だったアルマーニのスーツだが、布施には驚くほどよく似合っていた。

服に着られているという感じがしない。適度に崩れているのがいいのだ。高いスーツだが、ふだん着のような感覚で着ているせいだった。

派手なネクタイを無理に合わせたりしない。ネクタイをアクセントに使っているが、決して浮いていないのだ。同色のチーフを少しだけ胸ポケットからのぞかせている。

「いい薬ですよ」

若いバーテンダーが言った。

布施は、眼だけそちらに向けた。

「ゴキさんですよ。最近、金回りが悪いもんで、何か儲け話はないかと嗅《か》ぎ回ってんです。煙たがられているんですよ」

「知ったこっちゃねえな……」

「そう。ゴキさんの世話をしなくちゃならない理由はないですね……」

「あんたのおしゃべりに付き合う理由もない」

若いバーテンダーは、媚《こ》びるように苦笑してみせた。

「かなわないな、布施さんには……。そういう言い方をしても人に憎まれないんだから不思議だよね」

「人徳ってやつですかね」

出入口から、賑《にぎ》やかな一団が入ってきた。布施は、カウンターにもたれたままそちらを眺めていた。

入ってきた客は五名ほどだった。その先頭にいるのは、タレントの友坂《ともさか》涼《りょう》だった。彼は、ジーパンを穿《は》き、革のブルゾンを着ていた。ラフな恰好だ。

いっしょにいるのは、マネージャーと付き人。そしてふたりの女性だった。

女性は、まだ若かった。おそらく、二十になるかならないかだ。ひとりはロングヘアーで、茶色に色を抜いている。肌を焼いており、コギャルたちの間で言う「サビ入り、ヤキ入り」だった。

もうひとりは、ショートカットだが、やはり髪の色を抜き、さらにメッシュを入れていた。

ロングヘアーの娘は、おそろしく短い丈のワンピースを着て、フェイクファーのコートを羽織っている。

ショートカットのほうは、ショートパンツにタンクトップ。ノーブラだ。その上に、やはりフェイクファーのショートコートを着ている。

友坂涼は、今は役者として比較的地味な活動をしているが、かつては人気アイドルだった。三十五歳になろうとしているが、まだまだ夜の遊びから足を洗おうとしない。一度離婚して今は独身だ。

友坂涼は、布施を見つけると片手を挙げて笑いかけた。

布施はうなずいただけだった。

店の従業員が、友坂涼の一行を奥のほうの席に案内した。友坂涼は、連れをその席に残して布施に近づいてきた。

「よお、布施ちゃん。元気？」

「相変わらず女の趣味が悪いな」

友坂涼は、振り返ってソファに座っている娘たちを見た。

「ああ、あれ……。カラオケ屋で拾ってきたんだ」

「蒼《あお》い物ばかり食ってると、腹こわすよ」

「ばーか、あれくらいになると充分熟してるよ」

「淫行条例にひっかかる」

「十九歳だってよ、ふたりとも。だいじょうぶだよ。ひとり？」

「そうだよ」

「今夜の収穫もなし？」

「収穫？　なに、女のこと言ってるの？」

「あたりまえじゃんか。こんな店、ひとりで来て、やることはひとつだよ」

布施はかぶりを振った。

「やれやれ。ストリップショーとナンパ合戦がいやでディスコから逃げてくれば、ここでもそういうことを言うやつがいる……」

「あんた、変わってんな。誰だってそうだよ」

「俺、もう飽きたんだよ。そういうの」

「女に飽きたって……。そんな話、信じられないな」

「卒業したんだよ」

「女をか？」

「ヤルためだけのナンパだよ」

「こいつはいいや。愛に目覚めたのか？　笑っちゃうね……」

「愛は永遠ですよ」

「彼女なんかいないって言ってたじゃない」

「いませんよ、そんな鬱陶《うっとう》しいもの」

「じゃあ、何なの、その愛って。彼氏かよ？」

「人類、動物、植物。地球、宇宙。森羅万象。この世のすべての愛に目覚めたの。俺、悟ったのかな？」

「いいねえ、そういうの」

友坂涼は、不意に声を落とした。「俺もね、そういう気分になることがあるの。必要なことだよな、現代人には。救いがない都会の人間には、神が必要だ。そう思わないか？」

「俺が神だ」

「いいぞ。ますますいい。噂《うわさ》じゃ、あんた、けっこうやってるって……」

「女のこと」

「そうじゃなくって……」

「そういうことは、人前じゃ言わないことにしてんの」

友坂涼は、さらに声を低くし、ほとんどフロアの音楽にかき消されそうになった。

「これからパーティーやるんだ。ちょうど、女がふたりいるからさ、来ないか？　面子《メンツ》を探してたんだ」

「面子……？　麻雀《マージャン》でもやるの？」

「ばか言ってんじゃないよ。知り合いのマンション借りてさ……。あるんだよ、上物が……」

「へえ……。悪くない話だな……」

「神に会えるぜ……」

「だから、神ならここにいるって」

2

友坂涼は、マネージャーと付き人を帰して赤坂にある高級マンションにやってきた。

「この部屋のオーナーは今、アメリカに行っててさ。自由に使えるんだ」

「へえ……。いい部屋じゃん」

ロングヘアーの娘が言った。彼女はリエと名乗った。ショートカットの娘がマミだ。

布施は、すでに寛《くつろ》いでいるように見えた。彼は、どこにいてもリラックスしているような感じだった。それが、遊び人たちに安心感と信頼感を抱かせるのだった。

リエとマミは、芸能人と遊べるというのでご機嫌だった。『カメリア』を出たときは、帰ると言ってみたりした。安っぽく見られたくないという女のプライドだ。だが、結局、彼女たちは付いてきた。

友坂涼は、エアコンのスイッチを入れた。

「おい、冷蔵庫にビールが入ってるから、出してくれ」

友坂涼は、ロングヘアーのリエに言った。すでに命令口調だった。リエはその命令に従った。

ビールをちびちびやるうちに、部屋は充分に温まった。すでに、友坂涼とふたりの娘たちは、髪に触れあったり、体を寄せたりしはじめている。

女たちの瞳《ひとみ》が期待に輝き、頬《ほお》が上気しているのがわかる。

「若いね……」

布施は、彼らに聞こえないようにそうつぶやいていた。

「布施ちゃん。ぼちぼちパーティーのメインディッシュといこうか？」

「あせるなって……。夜は長いんだ」

「あっという間に朝が来ちまう。キメてるとな……」

「なあに、メインディッシュって……」

リエが訊《き》いた。

「へへ、お楽しみ……」

友坂涼は、リエの唇に素早くキスをすると立ち上がった。ふたりの娘は突然のキスにきゃあきゃあ騒いでいる。

布施はそんな娘たちの様子を、眺めている。その眼には、嫉妬《しっと》も欲望も軽蔑《けいべつ》も感じられない。一種の優しさすら感じられた。そうした眼差しが、布施の不思議な雰囲気を作り出している。

友坂涼は、ドライバーでビデオデッキの脇のネジを外しはじめた。カバーを外すと、中の機械は取り払われていた。ビニールで固く包まれたものを取り出す。

友坂涼は、それを持って戻ってきた。

娘たちは、好奇心と不安の入り交じった表情で友坂涼を見つめている。

「何それ？」

リエが尋ねる。

「天国へのパスポート……」

友坂涼は包みを開いた。「まずは、ハッパからキメようか……」

彼は、心底うれしそうだった。彼は、マリファナを紙巻きにして火を点《つ》けた。強い独特の臭《にお》いが部屋に漂う。

彼は、リエにそれを差し出した。リエは、受け取り、煙草を吸うように吹かした。

「もったいないことするんじゃないよ」

布施が言った。「吸ったら、煙を逃がさないように肺に溜《た》めるんだよ」

「わかってるよ」

リエはもう一息吸い、マミに手渡した。ふたりとも、マリファナを吸うことにはまったく抵抗がないようだった。

友坂涼は、せっせと次のマリファナを紙に巻いている。

布施に回ってきた。布施は、深く吸い込み、息を止めた。友坂涼が、新しい紙巻きに火を点ける。それをまた、回し始めた。

「たくさんあるんだから、ひとりに一本配ればいいじゃん」

マミが言った。

「こうやるのが、パーティーの約束なんだよ。ただ、吸うだけじゃない。分かち合うことが大切なんだ」

「そんなもんなの？」

「ラブ・アンド・ピースってか？」

布施が言った。「六〇年代から七〇年代にかけて作られたお約束だ」

「へえ、そうなの」

リエが言った。「私たち、まだ生まれていなかったわ」

「俺も生まれていなかったような気がする」

リエがけらけら笑いだした。それにつられるようにマミも笑いだした。酒でいう笑い上戸なのだ。若い女にはよくある現象だ。

布施は別に変わった様子を見せなかった。友坂涼は、眼を光らせて次のを巻いている。

「なんとまあ……」

布施が言った。「贅沢《ぜいたく》に吸うもんだ」

「いくらでも手に入るんでね……」

「本当か？」

「このマンションの持ち主は、政治家やヤーサンの大物ともばっちりコネがあってね。警察の手入れも食らわない」

「優雅な趣味ってわけ？」

「実用を兼ねてるのさ。アメリカ人のエグゼクティブのなかにはコークを常用している連中が多い。時には、女のためにも使う」

「あんた、そのおこぼれにあずかっているってこと？」

「ギブ・アンド・テイク。俺、ときどき、女紹介するんだ。新人女優とか、タレントなんかも含めてね……」

友坂涼は、白い結晶を剃刀《かみそり》の刃でさらに細かく刻み、それを四本の筋にした。ストローを出すと、それを片方の鼻の穴に差し込み、白い粉の筋にあてがった。

息を吸い込みながら、ストローをずらしていく。

「掃除機のコマーシャルみたい」

マミが言って、またけらけらと笑いだした。

友坂涼は、目を閉じて、大きく吐息を洩《も》らした。目を開けると、彼は、布施に言った。

「さあ、やりなよ」

布施はこたえた。

「まずは、お嬢さんたちに振る舞ってやれば？　ベッドでお楽しみがあるんだろう？

俺は勝手にやるよ」

「俺にふたりを相手しろってか？」

「はなからそのつもりだったんだろう？」

「あんたも来いよ。四人でやろうぜ」

「俺、スロースターターなんでな。あとで混ざるよ」

「……だとさ。来いよ、ベッドへ行こうぜ」

友坂涼は、ふたりの娘に言うと、コカインを載せたアクリルの板をそっと持ち上げた。

女たちは、まったく躊躇《ちゅうちょ》しなかった。

しばらくすると、寝室から、女たちのはしゃぐ声が聞こえてきた。

「なんとまあ……」

布施はつぶやいた。彼は、ぼんやりとコカインやマリファナを眺めていたが、やがて、「よっこらしょ」と声を出して立ち上がった。居間にはサイドボードがあった。その引出しを次々に開けていく。

その態度は、いかにものんびりしていた。自分の部屋で探し物をしているようにしか見えない。サイドボードの中には、彼が求めているようなものはなさそうだった。

彼は、居間の中をぶらぶら歩き回り、ダイニングキッチンのほうへ行った。テーブルの上に電気料の領収書があった。

彼はそれを手に取り、小さく口笛を吹いた。

それをポケットにしまうと、彼は、寝室に近づいた。

ベッドの上では、すでに三人とも素っ裸になっていた。友坂涼を組み敷くようにふたりの女が蠢《うごめ》いている。

女同士でキスをして、またけらけらと笑いだす。

「わりぃ。ちょっとバッドトリップしそうだ。俺、帰るわ」

友坂涼が首を持ち上げた。

「なんだ？　お楽しみはこれからだろうが……」

「体調が悪いんだよ。また誘ってくれ」

布施はそう言うと寝室のドアを離れた。

「待てよ。おい、布施ちゃん。待てったら……」

その声を背中で聞きながら、布施は、マンションの部屋を出た。

3

布施は、汚れたジーパンにセーター、くたびれた革ジャンという恰好で、酒場に現れた。

千代田区平河町《ひらかわちょう》にある『かめ吉《きち》』という大衆酒場だった。お世辞にもきれいといえる店ではない。だが、一品の量の多さと安さは群を抜いている。

この店は、それほど広くないが、いつも満員だった。ある時間帯になると独特の緊張感が漂い始める。

警視庁の刑事が飲みに来るので有名な店なのだ。その刑事から何か話を聞き出そうと新聞社や放送局の記者が飲みにやってくる。その情報合戦が静かに火花を散らすのだった。『夜回り』と呼ばれるこうした活動は社会部記者の大切な仕事のひとつなのだ。

布施は、まっすぐ、カウンターで飲んでいたひとりの男に近づいた。地味な背広。結び目が垢染《あかじ》みたネクタイ。

その男は、布施より一回り近く年上に見えた。耳の上のあたりに白髪が見えはじめている。

布施は何も言わず、その男の隣に腰を下ろした。男は、布施を見た。その眼が鋭かった。目が大きく威圧的な感じの顔だ。

「誰がそこに座っていいと言った？」

「あんたの店じゃないだろう？」

「俺は、一日の疲れを癒《いや》しているところだ。おまえなんかに邪魔されたくないな」

「いい話、持ってきたんだけどな……」

「おまえのいい話なんぞ、聞きたかねえ」

「あんた、欲がないね、黒田《くろだ》さん」

布施は、コップ酒を注文した。彼はここではコップ酒がよく似合った。

黒田と呼ばれたこの男は、その店にいる多くの客と同様に刑事だった。警視庁捜査一課の部長刑事だ。

「話したいことがあるんなら、話せよ」

「あれ、そういう言い方するわけ？　俺は、あんたが興味あるんじゃないかと思ったからわざわざ足を運んできたのに……」

「つまんねえネタだったら叩き出すぞ」

「友坂涼だよ。生安部が内偵してるんだろう？」

「おらあ刑事だ。生安のことなんざ知らねえよ」

「あんた、嘘《うそ》を見抜くのは得意かもしれないけど、嘘つくのはへただね」

「うるせえな……。友坂涼がどうしたっていうんだ」

「ブツの入手先、わかったんだけどな」

「ガセじゃねえのか……？」

「聞きたくないのかよ」

「いいから、もったいぶってないで話せ」

布施は、ポケットから電気料の領収書を取り出した。

黒田裕介《ゆうすけ》部長刑事はそれをちらりと見て言った。

「何だ、これは？」

「名前、見てみなよ」

「ソウダ・エイスケ……？」

「聞いたことあるでしょう？」

「宗田英介か……。城央銀行の頭取じゃないか。おまえ、こんな領収書、どこから持ってきた？」

「宗田英介が赤坂に持っているマンション。税金対策か何かだろうね。女連れ込んだり、接待に使ったりするんだろう。妾《めかけ》でも囲うつもりで買ったのかもしれない。友坂涼がそのマンションに、街で拾った十代の女ふたり連れ込んで、マリファナとコカインキメて、お楽しみだったというわけ」

「おまえ、その場にいたのか？」

「さあね……」

黒田は、電気料の領収書をひったくった。住所を確認する。

「確かなネタだろうな？」

「どうかね……。それを調べるのは、あんたたちの仕事でしょう？」

「そういうことだな……」

黒田は、立ち上がった。「こいつは貰《もら》っておくぞ」

彼は電気料の領収書をひらひらと振って見せた。足早に店を出ていった。

「せっかちだな……」

布施もコップ酒を飲み干して席を立った。カウンターの中から、声が掛かった。

「布施ちゃん。お勘定。黒田さんの分もね……」

「あ、ちくしょう……」

4

『ニュース・イレブン』は、ＴＢＮテレビ報道局の看板番組だった。午後十一時からのニュースショーで、ベテラン・アナウンサーの鳥飼行雄《とりかいゆきお》がメインキャスターをつとめていた。

だが、番組の人気に大きく寄与しているのは、女性キャスターの香山恵理子《かやまえりこ》の存在だった。美しくて、知的。スタイルもよく、物腰はやわらかだった。

髪はショートカットだが、スーツに身を包んだ姿は、たいへんセクシーだった。知性とセクシーさが違和感なく同居している。

香山恵理子は局アナではなく、契約のキャスターだった。

午後六時に、会議があり、スタッフが報道局内にあるテーブルに集まった。

その日の当番デスクは、鳩村昭夫《はとむらあきお》だった。最初の項目表が配られる。項目表というのは、番組の目次のようなものだ。番組のオンエアまでに二、三度書き改められる。最初の項目表は、最終稿に比べてすかすかだ。

テーブルには、鳥飼行雄と香山恵理子の姿もあった。

会議は、当番デスクの鳩村が中心になって進められた。

そこへ、布施が汚れたジーパンにくたびれた革ジャンという、平河町の酒場にいたときとまったく同じスタイルでふらりと現れた。

布施を見た鳩村は、顔をしかめて言った。

「遅いぞ、布施」

「そーお？」

布施は革ジャンを脱いで椅子の背もたれに掛けると、どっかと腰を下ろした。彼のセーターに社員証が安全ピンで留めてあった。その社員証には顔写真があり、「東都放送ネットワーク・報道局・布施京一《きょういち》」と書かれていた。

布施京一は、東都放送ネットワーク、通称TBNの報道局社会部の遊軍記者だった。『ニュース・イレブン』のスタッフのひとりだ。

鳩村は、紺色の背広に同系色のストライプのネクタイをしている。彼は、報道畑一筋の生真面目《きまじめ》な男で、布施京一のようなタイプを理解しがたいと普段から思っていた。

鳩村は言った。

「会議は大切だ。遅れてもらっちゃ困るな……」

「どうせ、最初の項目表を見るだけでしょう？　俺がいたっていなくたって同じことだよ」

「番組作りはチームワークだ」

「はいはい」

「それでは、項目表の説明に入ります。トップは、政治関連。野党の三党首の会談が行われました。解散含みの政権奪回を狙ったものという内容で、先にVTRが流れ、その後、生の中継が入ります……」

鳩村の説明が続いた。

布施はあくびをした。鳩村が、眼だけ動かして布施を睨《にら》んだ。

布施は、まったく頓着《とんちやく》せず、テーブルの向かい側に座っている香山恵理子を眺めていた。香山恵理子がその視線に気づいて言った。

「なあに？　あたし、どこか変？」

「とんでもない。そのスーツもなかなかいいなと思ってね。明るいウグイス色。一足先に春が来たみたいだ」

「まあ、ありがと」

香山恵理子は、うれしそうにほほえんだ。メインキャスターの鳥飼行雄が言った。

「なあ、布施ちゃん。俺の出《い》で立ちはどう？」

「渋くて知的。華やかな恵理子と並ぶとぐっと画面が締まる」

「そうかい。布施ちゃんに言われると自信がついちゃうな」

「鳥飼さん……」

鳩村が眉根《まゆね》に皺《しわ》を寄せた。「『ニュース・イレブン』はあくまで報道番組ですよ」

「報道番組だってテレビの番組だ。視聴者に対する印象は大切だよ」

「項目表の説明、続けていいですか？」

「失礼。続けてくれ」

鳥飼行雄にうながされて、鳩村は、説明を再開した。

布施は聞いているのかいないのかわからない風情だった。彼は、まったく別のことを考えているようだった。

5

「布施、どこへ行く」

番組オンエアの時刻が近づき、『ニュース・イレブン』のテーブル周辺は慌ただしくなってきた。

テーブルを離れて外出の用意を始めた布施に鳩村デスクが声を掛けた。

布施は平然とこたえた。

「取材ですよ」

「こんな時間に取材だと？」

「記者に時間なんて関係ないですよ。オンエアのときに俺がいたってしょうがないし……」

「そりゃそうだが……」

「二、三日うちにスクープ入れますよ」

鳩村は何も言い返せなかった。

布施には実績があるのだ。彼は、何度も『ニュース・イレブン』にスクープを提供していた。

布施は、報道局を後にした。

彼は、まず平河町の酒場に行って、黒田部長刑事を探した。黒田は、昨夜と同じ場所で飲んでいた。

「裏、取れた？」

黒田は、振り向いた。布施の顔を見ると、すぐに眼をそらしてカウンターのほうを向いてしまった。

布施は、隣に座った。

「おまえ、危ない橋、渡ってんじゃないだろうな？」

「取材のやりかたって、人それぞれなんですよ」

「裏は取れた。だが、もうちょっと事実関係を固めないと、宗田英介まで手は伸びないな……」

「宗田英介のマンションで友坂涼が現行犯逮捕ってのはどう？」

「宗田英介が、しらばっくれりゃそれまでだ」

「いいじゃない、宗田英介なんて。どうせ、逮捕する気、ないんでしょ？」

「そんなことはない」

「友坂涼がつかまりゃ、宗田英介の尻に火がつくよ」

「簡単に言うがな……。ロック歌手をつかまえるようにはいかんのだよ」

「……だろうな。ロック歌手というのは、たいてい事務所があまり強くない。一方、友坂涼が所属しているような昔ながらの芸能プロダクションの多くは、ヤーサン関係だから、警察とかなりの部分、癒着している。追及を逃れる手も知っている」

「そう露骨に言うなよ……」

「だから、現行犯逮捕はどうかと言ってるんじゃない」

「どうやって現行犯で挙げるんだ？」

「友坂涼が宗田英介のマンションでまたパーティーを開く。そのときに、やつが覚醒剤《かくせいざい》をやっているという匿名のタレコミがある——こういうのどう？」

「どうって……。おい……」

布施は立ち上がった。

「この二、三日が勝負だよ。携帯電話のスイッチ、入れときなよ」

布施は、そう言い残すと店を出ていった。

『カメリア』では、布施はすっかり顔になっていた。彼は、独自の取材網から、六本木で遊ぶ芸能人たちが、覚醒剤やマリファナのパーティーをときどき開いており、その中心に友坂涼がいることを突き止めた。

その情報を得て以来、彼は、友坂涼がよく顔を出すという『カメリア』に入り浸り、顔を売っていたのだ。友坂涼と知り合ったのは、『カメリア』に通い始めて二カ月ほどたった頃だった。それから、すでに一カ月が過ぎている。

布施は、ただ時間をつぶしていたのではない。周到に友坂涼に近づいていったのだ。布施は、『カメリア』のカウンターにもたれて、友坂涼が現れるのを待ちつづけていた。だが、バーテンダーに、友坂涼のことを尋ねるようなことはしなかった。彼は、あくまでも自然に店で楽しんでいた。

顔見知りになった女の子に声を掛け、酒を飲み、フロアで踊る男女を眺める。

友坂涼が現れたのは、前に会ってから四日後のことだった。

彼は、タレントらしい女をふたり、連れていた。マネージャーと付き人。そして、もと野球選手で、今はスポーツキャスターをしている男性タレントがいっしょだった。

友坂涼は、先日のように布施に近づいてきた。

「ひどいじゃないかこの間は……。俺ひとりで朝まで相手をするはめになったんだぞ」

「そう言うわりには、うれしそうな顔をしてるじゃない」

「たっぷり楽しんだよ。アレの威力は抜群だ」

「今夜もパーティーか？」

「そういうこと。ぼちぼち、俺のパーティーのことが知れ渡ってきたんで、しばらく控えようと思ってさ。今夜が最後なんだ。盛大にやろうと思って、面子を集めていたところだ」

「おやまあ……」

「あんたも来なよ」

「ＶＩＰばかりじゃないの？　俺なんか入ってもいいの？」

「歓迎だよ。あんたがいると、なんか、楽しいしな……」

「光栄だね……」

「しばらく飲んでから、例のマンションに出掛ける。来いよ。みんなに紹介する」

「楽しい夜になりそうだ……」

布施は、友坂涼の席に移り、連れを紹介された。誰に会っても彼は自分のペースを崩さなかった。

酒を飲み、ばか話をして、布施はふとトイレに立った。時計を見る。十時を回ったところだった。そのまま、電話ボックスに向かう。誰も自分を見ていないことを確認してから、局に電話をした。その日も当番デスクは鳩村昭夫だった。

「布施か？　会議にも顔を出さないで……。どこで何をしている？」

「すぐに生中継の用意をしてほしいんだ。番組中に特ダネを流す。アナウンサーをひとり、カメラはハンディー一台でいい」

「生中継だって……」

「赤坂。住所は……」

布施は、宗田英介名義のマンションの場所を詳しく教えた。「急いでね」

「どんなネタだ？」

「友坂涼が逮捕される」

「何だって……」

「詳しく話している暇はない。いいかい？　アナウンサーひとりにカメラ一台。照明は俺がやってもいい」

「アナウンサーだと？　おまえ、記者だろう。おまえが実況やればいい」

「俺、絶対画面に顔は出さないからね」

「妙なやつだな……」

「それが俺のやりかたなんですよ。とにかく、急いでよ」

電話を切ると、布施は、黒田の携帯電話に掛けた。携帯電話の電源は入っていた。

「はい、黒田」

「匿名のタレコミだよ」

「おまえか……」

「匿名だってば。これから、例のマンションでパーティーがある。主催者は友坂涼」

「マジなネタだろうな?」

「知るかよ。匿名のタレコミだからな」

布施は電話を切った。

彼は、席に戻り、談笑に加わった。

6

パーティーが始まった。メンバーは、友坂涼に女性タレントがふたり、スポーツキャスター。それに、『カメリア』で拾った女がふたりいた。

友坂涼は、空のビデオデッキからマリファナとコカインを取り出した。

「金持ちは違うよな……」

布施は言った。「これだけのブツ、売りゃあでかい儲けになるのに……」

「商売はさせないぜ」

友坂涼がにやにや笑って言った。「売買は怖いお兄さんがたが黙っちゃいないからな……」

「わかってるよ」

布施は、立ち上がった。

「どこ行くんだよ」

「トイレ」

布施はリビングルームを出た。そのままトイレには行かず、玄関へ向かった。そっと靴を履き、ドアを開ける。

廊下へ出てエレベーターに向かおうとしたとき、ふたりの男がゆらりと目の前に現れた。

布施は、行く手を遮られた。

「俺、そっちへ行きたいんだけど……」

立ちはだかった男たちは、人相がよくなかった。風体からして、明らかに暴力団員だった。ひとりは、黒いスーツにノーネクタイ。ひとりは、紫色のブルゾンに揃《そろ》いのズボンを穿いている。

黒のスーツのほうは髪を短く刈《か》っており、サングラスをかけている。紫のブルゾンのほうはパンチパーマだった。

黒のスーツが言った。

「あんた、布施だな？」

「人違いじゃないの？」

「ふざけた口きいてんじゃないよ。友坂さんから言われてるんだ。あんた、なんか怪しいから見張ってろって……」

「煙草、買いに行くんだよ。怪しいと思うんなら付いてくればいいだろう」

「そうさせてもらうよ」

布施は、ふたりを押し退《の》けてエレベーターに向かった。三人でエレベーターに乗った。

布施はドアの一番近くに立った。一階のボタンを押す。ドアが閉まっていく。

突然、布施は、閉じつつあるドアの隙間《すきま》に飛び込んだ。するりと抜けた。次の瞬間、ドアが閉まった。

布施は、非常階段と書かれた緑の標識に向かって走った。階段を駆け降りる。

そのまま一階まで降り、階段ホールの陰から様子をうかがう。ロビーには、ヤクザたちの影はなかった。

出口に向かってダッシュした。だが、そこまでだった。

ヤクザたちは玄関の前で待ち構えていた。

「野郎！　ふざけた真似しやがって！」

黒いスーツの男が吠《ほ》えた。

紫のブルゾンが布施につかみかかった。

「やばいね、どうも……」

布施はつぶやいた。

ブルゾンの男は、右の拳《こぶし》を握り、布施の鳩尾《みぞおち》にボディーブローを見舞ってきた。正確なパンチだった。

腹の中で爆発が起きたように感じる。息ができなくなった。布施はずるずると崩れていきかけた。

紫のブルゾンは、布施のスーツの襟をつかんで引き上げた。

「てめえ、何者だ？」

黒のスーツが尋ねた。

「今の一発で忘れちまった」

ブルゾンの男がまた鳩尾を突き上げた。

布施は膝《ひざ》に力が入らないようだった。

「まあ、いい。うちの事務所でゆっくり話そうや。そのうち、てめえが何者か思い出すだろう」

黒のスーツの男がそう言ったとき、その男の背後から声が聞こえた。

「おい、布施ちゃん。なんかやばそうだな。助けがほしいんじゃないのか？」

黒のスーツは、さっと振り返った。ヤクザの凄味《すごみ》を充分に利かせた目つきで声のほうを睨もうとした。

だが、その目は驚愕《きょうがく》に見開かれた。彼は口をあんぐりと開けたまま、声も出せなかった。

そこには、制服を着た警官を含め、十人以上の男たちが立っていた。ヤクザには、その連中が何であるかすぐにわかった。刑事だった。

布施は言った。

「黒田さんか。あんたに助けられたとあっちゃ、あとあとが怖いね」

「人をヤクザみたいに言うな」

黒のスーツの男は、何が何だかわからない様子だった。

「あの……、いや、俺たちはただ……」

黒田が言った。

「消え失せろ。これから出入りだ。うろうろしてると、いっしょにしょっぴくぞ！」

ヤクザたちは、たちまち走り去った。

布施は、黒田に言った。

「いっしょにパーティーやってる連中は興味本位だからね。手加減してやってよ」

「まったく、おまえに騙《だま》された友坂涼に同情したいよ」

刑事と警官隊はマンションに突入していった。

カメラマンとアナウンサーが駆け足で近づいてきた。フロア・マネージャーもひとり来ている。布施は、フロア・マネージャーに言った。

「コーディネーション・ラインはつながっている？」

「携帯電話だけどね。副調につながってるよ」

「貸して」

「ほらよ」

「布施だ。差し替えだよ。友坂涼、麻薬所持および使用の現行犯逮捕の映像を送る」

布施は、フロア・マネージャーに尋ねた。「電波、すぐ飛ばせる？」

「ばっちりだよ」

再び、電話で話す。

「確定CMが入る？　構わない。こっちからは送りっぱなしにするからな。そっちでVTR回しておいてよ。CMがかぶった分は、あとでVTRで流すんだ。来た。行くよ」

布施は、電話をフロア・マネージャーに渡した。

フロア・マネージャーは、電話で副調からの指示を受け、キューを出した。

布施がバッテリーにつながったライトを持った。そのまま、アナウンサーに指示を出す。

「ぶっつけ本番の実況だ。いいから、友坂涼逮捕と繰り返し叫ぶんだ。そして、最後に、現場が城央銀行頭取、宗田英介のマンションだと強調するんだ。いい？　そいつを忘れないでよね。宗田英介だよ」

刑事たちが、友坂涼を始めとする芸能人たちを連行する決定的な映像が全国に流れた。もちろん、独占スクープだった。

7

宗田英介のマンションで、友坂涼が覚醒剤を使用していたというニュースは、大きな反響を呼んだ。宗田英介は公式なコメントを一切避けていたが、これがきっかけで、警察の捜査の手が伸びることになった。宗田英介も無傷ではいられなくなるのは明らかだった。友坂涼以外のタレントたちは、処分が未確定のまま釈放となった。常習者でないことが明らかになったし、当夜の使用を直接証明する証拠が曖昧《あいまい》だったからだ。

いずれにしろ、彼らもきつい灸《きゆう》をすえられたのだった。


布施がのんびりとした足取りで局の廊下を歩いていると、向こうから香山恵理子がやってきた。

明るいブルーのスーツを着ている。スカートの丈は短く、美しい脚が伸びている。

ヒールの音が近づいてくる。

「布施ちゃん。またやったわね」

「俺、またへまやった？」

「ばかね。スクープよ」

「仕事ですからね」

「頼もしいわ。おかげで『ニュース・イレブン』の人気も上々。番組の顔は、鳥飼さんやあたしじゃなくって本当はあなたかもね……」

「冗談……。俺は、ぜったい顔、出さないからね」

「……じゃなきゃ、あんな取材、できないもんね」

香山恵理子はすれ違い、歩き去った。

「あ、いた！」

鳩村デスクが布施のほうを見て言った。

「なんか、やばそうだな……」

布施はつぶやいていた。

「おい、布施！　何だ、この伝票は！　『カメリア』とかいう店の飲み代がなんで取材費なんだ。おい、こら、待たんか」

布施京一はすでに姿を消していた。

第二章　傷　心
HEARTBREAK

1

「東名用賀《ようが》インター付近で玉突き事故だ」

電話を受けた報道局の記者が、室内に残っていた連中に告げた。その瞬間に、報道局は動きはじめた。

深夜の二時過ぎだった。当直のデスクが、机に足を投げ出したまま尋ねた。

「事故の規模は？」

「車五台の事故。死傷者はまだ不明」

「映像取材部。中継車、すぐ出せるか？」

「だいじょうぶです。待機してます」

「ヘリを出せ。空撮で周辺の様子をおさえろ。記者の実況入りでVを回しとけ」

朝一番のニュースに間に合うように、取材の段取りがたちまち組まれた。

事故の第一報が入って、報道局が大忙しとなったが、夜が明けて、死傷者の身元が判明すると、芸能畑の連中が大騒ぎを始めた。死亡した三人のなかに、若手女優の沢口麗子《さわぐちれいこ》の名前があったのだ。翌日、テレビ各局のワイドショーは大々的にこのニュースを取り上げた。

沢口麗子の自宅は、広尾にある高級マンションだった。彼女は、そこに両親と三人で暮らしていた。早朝から、ワイドショーのレポーターがマンションに殺到した。

カメラマンは、窓から母親の映像を捉《とら》えようとしていたし、レポーターたちは、母親に会見をやらせようと働きかけていた。インターホンのボタンをしつこく押している者もいる。

「すいません、お話を聞かせてもらえませんか？」

「昨夜の事故は、本当に事故だったのですか？」

「ご家族のかたのお話を、全国の皆さんが聞きたがっているのですよ」

レポーターたちは、口々にわめきたてる。

布施京一は、その様子をやや離れた場所から眺めていた。彼は、色あせたジーパンに、やはり、かなり色が落ちたジーンズのジャンパーを着ていた。

彼は、目の前の狂気じみた喧騒《けんそう》に、眠たげな眼を向けていた。

「おいおい……」

彼は、近くにいるどこかの芸能記者のひとりに、わざと聞こえるように独り言を言った。「恐れ入るね、どうも……。この連中に比べたら、ハイエナがひどく上品に思えるな……」

芸能記者は、振り向いて布施を見た。頭の先から足の爪先《つまさき》までを睨《にら》み回す。日に焼けた目の大きな男だった。腹が出ている。

彼は、野次馬には興味がないといった態度で、布施から目を逸《そ》らし、マンションのドアを見つめた。

マンションの部屋は、五階にあった。ドアの前は、かなりゆったりとしたスペースを取ってある。それが災いして、レポーターや芸能記者、カメラマンなどが陣取る場所を提供するはめになっていた。

布施は、腕を組んで、さらに言った。

「ひとり娘を亡くした遺族の気持ちが理解できないのだから、こいつら、ばかだな」

さきほどの芸能記者が、再び振り向いた。彼は、布施を睨み付けて言った。

「あんた、何だい？　近所の人？」

「冗談……。こんな高級マンションに住んでる人間に見える？」

「ただの野次馬なら、あっち行ってな。俺たちには、知る権利があるんだ」

「あんたたちに、知る権利だの報道の自由だのと言ってほしくないな……」

「ロクさん、何だ、そいつは？」

別の男が声を掛けた。その男は、カメラを構えている。雑誌関係者に違いなかった。

「野次馬だろうよ。俺たちのやっていることが珍しくて眺めているくせに、モラルがどうのというようなことを言っている。まったく最近の素人《トーシロ》は困ったもんだよ」

レポーターのひとりが、首を横に振ってカメラマンにストップをかけた。そのカメラには、ＴＢＮと書かれている。

「くそっ……。うんともすんとも言わない。まったく、ドアをぶち破りたいわ」

中年の女性レポーターが毒づいた。彼女は、ＴＢＮの朝のワイドショーと契約しているレポーターだった。犬丸《いぬまる》ユカリという名だ。優しい笑顔と人情味あるレポートで主婦に人気があった。

カメラがストップしたとたんに、本性を露《あら》わにした。他局のカメラが回っていないこともさりげなく確かめてあった。

レポーターたちは、インターホンの前から退散してきた。次の手を打たねばならないので、それを相談しようというのだ。抜いた抜かれたの世界だが、互いの利益になる部分では協力しあうことがよくある。

布施は、ロクさんと呼ばれる芸能記者とその知り合いのカメラマンに詰め寄られていた。それに気づいたTBNのカメラマンが言った。

「あれ、布施ちゃんじゃないの。何してるの、こんなところで……」

「や、どうも……」

ロクさんと呼ばれる芸能記者とカメラマンは、振り返った。ロクさんが言った。

「おたくの知り合いかい？」

「うちの報道局の記者ですよ」

「報道局……？」

ロクさんは、一瞬鼻白んだが、すぐに気を取り直して言った。

「報道局が何の用だよ。ここは、俺たち芸能畑の人間の縄張りだ」

「たまげたな……。縄張りだって……。俺には知る権利がある」

「気に入らないやつだな……。とっとと消えな。報道のやつがこんなところでネタ拾えるわけがないだろう。海千山千のワイドショーネタなんだよ」

「言われなくったって消えるさ。さりげなく両親の行動を探ろうと思ったんだけど、これじゃあな……。俺は、あんたたちの存在を忘れてたよ。せいぜい訴えられないように気をつけな」

布施は、背を向けてエレベーターに向かった。彼は、急に振り向いてTBNのカメラマンに言った。

「ねえ、簡単に俺の正体をばらさないでよね。仕事がやりにくいよ」

布施が去ると、犬丸ユカリがカメラマンに言った。

「何よ、あれ……」

「『ニュース・イレブン』のエースですよ。彼が抜いたスクープは数知れない……」

「ふうん……。そいつがここに現れたということは、何かネタをつかんでる可能性があるわね……」

彼女は、他局の人間に聞かれないようにそっとつぶやいた。

2

「布施はまた遅刻か」

『ニュース・イレブン』の鳩村昭夫デスクが苛立《いらだ》ちを隠せぬ様子で言った。ＴＢＮ報道局のニュース編成部は番組ごとに分かれている。『ニュース・イレブン』は、夜十一時からのニュースショーで、報道局の看板番組だった。

『ニュース・イレブン』にはデスクがふたりおり、交代で当番している。最初の会議が午後六時に開かれ、一回目の予定項目表が配られる。その後、午後八時に二回目の会議が開かれ、項目表が改められる。最後の会議は、午後九時で、このときに、項目表が確定される。

鳩村昭夫は、報道畑一筋の真面目《まじめ》な男だった。いつも紺色のスーツを着ている。

キャスターの鳥飼行雄と香山恵理子が、すかすかの項目表を眺めていた。

ジーパンに緑のポロシャツという出《い》で立ちの布施がふらりと現れた。

「遅いぞ」

鳩村昭夫が、布施に言った。布施は何もこたえず、椅子にどっかと腰を下ろした。彼は、項目表を一瞥《いちべつ》して言った。

「余白だらけの項目表眺めたってしょうがないのにな……」

「ばか言え。今日のオンエアの流れをつかむ大切な会議だ」

メインキャスターの鳥飼行雄がつぶやくように言った。

「トップは、国会関連か……。統一地方選挙を睨んで、水面下の動きが盛ん、と……。どうも、ぱっとしないね……」

「連立与党の内部がきな臭くなっている」

鳩村が言った。「選挙をどう戦うか、それぞれの思惑がぶつかっている。民自党は、その他二党の足並みの乱れを横目で睨んで、失地回復を狙っている」

「きな臭いんじゃなくて、生臭いんじゃないの？」

布施が言った。「どうも、山野辺徹夫《やまのべてつお》あたりの動きが活発でいやだね……」

香山恵理子がうなずいた。

「民自党から分かれた保守系新党を再編成しようという画策ね……。一方で、民自党の党首の座を狙う根回しもしている」

布施は、香山恵理子の顔を眺めている。香山恵理子は、その視線に気づいて言った。

「どうしたの？　布施ちゃん。あたし、変なこと言った？」

「いいえ。ひとつうかがいたいと思って……」

「なあに？」

「オンエアは、ミニスカートかい？」

「そう。初夏向きのスーツよ。色は水色」

「いいね。視聴者の多くは、あーたのミニスカートがお目当てだからね……」

「まあ、うれしいわ」

「布施ちゃんよ」

鳩村が言った。「私は、真面目に会議をやりたいんだ」

「俺はいたって真面目ですよ。いくら頑張ったって、視聴者がチャンネル合わせてくれなきゃしょうがない。ニュースの合間に香山恵理子のミニスカートから伸びる美しいアンヨを眺めるんだ。これ、マジな提案だけどね。彼女の脚をもっと映したほうがいいよ。

スイッチャーにそう指示しなよ」

「残念だな……」

鳥飼行雄がにやにやしながら言った。「俺は座っているから、彼女の脚を眺めることはできない」

「モニターで我慢するんだね……」

「俺は、視聴者にアピールしてないのかね……?」

「その渋い声。知的でクールな表情。若い女性層をかなりつかまえていると思うけどな……」

「二番目は事故のニュースだ」

鳩村昭夫は、布施を無視するように言った。「東名高速用賀インターそばで起きた五台の玉突き事故……」

「……というより、沢口麗子が亡くなった事故ね」

香山恵理子が言った。「各局のワイドショーは、朝から大騒ぎだわ。その点には触れなくていいの?」

「触れないわけにはいかないだろうな……。だが、ワイドショーの真似をすることはない。あくまでも報道という立場を貫く。事故の報道に過ぎない」

「素材はVだけ?」

「そう。昨夜、現場で撮影した映像だけだ。現場からの生中継はない。ただの事故現場で、すでに、交通は復旧している」

「時間枠は、一分三十秒か……」

布施は、眠たげな目でそうつぶやいた。

鳩村昭夫は、項目表の説明を続け、やがて、午後六時の会議は終了した。

ふらふらと報道局を出ていこうとする布施を香山恵理子がつかまえた。

「何かつかんでるんでしょう？」

「何かって？」

「何かよ。沢口麗子の件よ」

「まさか……。俺、報道だよ。ワイドショーじゃないんだから……」

「沢口麗子は、失意のどん底だった。ワイドショーの連中は、だからこそ大騒ぎしてるのよ。ただの事故じゃないと、彼らは考えている。一般視聴者もそうよ」

「へえ、失意のどん底……？」

「しらばっくれてもダメ。布施ちゃん、項目表の事故のところだけ眺めていたもの」

「あんたの彼氏は大変だね。浮気がみんなばれちまいそうだ」

「残念ながら、そういうことには鈍いの、あたし」

「いい女だ」

「沢口麗子は、Ｊリーガーの加瀬陽一《かせよういち》と二年前に婚約した……。でも、一年でそれを解消。先日、加瀬は、新しい婚約者と結婚式を挙げたのよ」

「知ってるよ。相手は、ＦＸのスポーツキャスターだ。盛大な結婚式だったな……」

「その結婚式の陰で、沢口麗子が泣いているなどと、芸能誌やワイドショーで報道されたわ……」

「事故じゃなく、自殺だとでも言うのかい？」

「それを訊《き》きたいのはあたしのほうよ」

「俺、何も知らないよ……」

「本当？」

「これから、ちょっと出掛けるから……。取材だよ。八時の会議、欠席するから、デスクに言っておいてよ。最終会議までには戻るよ」

「頼りにしてるわよ。おいしいネタ拾ってきてね」

「おやまあ……」

3

布施は、千代田区平河町にある『かめ吉』の暖簾《のれん》をくぐった。

布施は、カウンターで同僚と飲んでいる黒田を見つけた。

ズボンの線が消えかけ、袖の肘《ひじ》のあたりに皺《しわ》の寄った紺色のスーツを着ている。ネクタイの結び目は垢染《あかじ》みていた。頭の脇には、白髪が目立ち始めている。

布施は、そのテーブルに近寄り椅子を引き出すと、断りもせずに座った。

黒田部長刑事が、布施を睨んだ。凄味《すごみ》のある眼だった。大きくてよく光る。その白目の部分が赤く濁っている。疲れ果てた刑事の眼だった。

「おまえは、礼儀というものを知らないのか？」

黒田部長刑事は言った。

「今の仕事に就くまでは覚えていたような気がするんだけど……」

「俺は、ようやく一日の仕事を終えて、こうしてささやかな晩酌を楽しんでいるんだ。あっち行ってろ」

彼の同僚は何も言わない。無言で布施に圧力をかけている。布施はまったく気にした様子を見せなかった。

「面白い話を聞かせてあげようと思ったんだけどね……」

「聞きたくねえな……。失《う》せろよ」

黒田は、しかめ面で自分の杯に酒を注《つ》いだ。

「沢口麗子ね……。事故じゃないんだろう？」

「事故だよ」

「五台の玉突き事故……。そのうちの一台に乗っていた軽傷者にちょっと怪しげな人物はいなかった？」

「怪しげな人物？」

「例えば、関東興志会の若い衆……」

黒田は、表情を変えない。返事もしなかった。酒をあおると、さりげなく周囲を見渡した。それから、正面の同僚を見た。同僚も、黒田の顔を見ている。

黒田部長刑事は、布施に額を近づけて唸《うな》るような低い声で囁《ささや》いた。

「てめえ、何をつかんでる……？」

「さあね……。コールするなら、そちらから手札をさらしてくれないと……」

「読めたよ。てめえ、ブラフかましてるだけだな……」

「どうだろうね？」

黒田部長刑事は、値踏みするように布施を見た。やがて、彼は言った。

「ここじゃ、やばいな……。その辺、散歩するか……」

「ふたりで夜道を散歩？　粋だね」

「黙って付いてこい」

黒田は、いっしょに飲んでいた同僚に、「すぐに戻る」と告げて席を立った。

「それで……？　おまえは、何を握っていると言うんだ？」

黒田と布施は、ダイヤモンドホテルのあたりから、半蔵門会館に向かって、歩道をぶらぶら歩いていた。

「沢口麗子は、婚約を破棄された。その相手が、先日、結婚してね……」

「おい、俺は、オバハンネタの井戸端会議をやる気はないぜ。加瀬陽一とのことなら、誰だって知ってる」

「だからさ……。誰だって、普通の事故とは思わない。芸能畑の連中は、失意の自殺という線に持っていきたいわけだ。……で、俺もいろいろ調べてみた」

「てめえらテレビ屋は暇なんだな……」

「ええ、暇ですよ。今にも過労死しそうなくらい。で、彼女の周辺の人間に、いろいろ聞いてみたわけだ。自殺の兆候とか、そういったごく当たり前の質問をしてね……」

「彼女の周辺てのは、具体的にはどういう連中だ？」

「まず、プロダクションのマネージャー。これは、正直な話をするはずはない。まあ、押さえの取材だね、これは。沢口麗子が夜毎飲んだくれていたという六本木のオカマ・バーのママ。そこで知り合った、沢口麗子の友人、沢口麗子に入れ込んでいた芸能記者。その芸能記者を通じて知り合った、情報屋。この情報屋というのが、芸能人の素行にやけにくわしくてね……。その情報が正確ときている。いわゆる、芸能マニアだね……」

「それで……？」

「沢口麗子は、加瀬陽一と別れてたしかに荒れていたらしい。体重も一気に五キロほど減ったと言っていたな……。毎日、ぐでんぐでんになるくらい酔っていたということだ」

「なら、自殺の線もありということかな……」

「そういう白々しいことは言いっこなしだよ。こっちは、ちゃんと持ち札をさらしてんだから……。沢口麗子は、あるときから立ち直るんだ。荒れていた生活も、そこそこもとに戻ったということだ。なぜだと思う？」

「男でもできたのか？」

「そういうこと。聞いたところによるととんでもない大物だということだ。誰もその正体を知らない。いや、もし知っていても、口に出せないだろうね……」

「知ったこっちゃねえな。アイドルが誰と付き合おうと……。俺たち庶民にゃ関係ねえ。俺が関心あるのは、今度の日曜の勝ち馬と刑事事件だけだ。おらあ、酒場に戻るぜ。同僚が待ってるんでな……」

「俺だって、関心なかったさ。相手がどんな大物であれ、恋愛は自由だ。たとえ、相手に妻子があったってね。その大物が誰か、知る術《すべ》もないと思っていた。でも、事故の負傷者のなかに、関東興志会の組員がいた。調べたら、この組員は、もと暴走族で、運転のテクニックには自信があったそうだね……」

「何が言いたい？」

「ひとつのつながりが見えはじめたんだ。関東興志会の名前は、まったく別のところで聞いたことがある。某金融機関の乱脈融資の際、ある政治家が、資金調達のダミー会社を作った。そのときに動いた実行部隊が実は関東興志会だった……」

「帰ってワープロでも打てよ。面白い推理小説が書けるかもしれない。俺はそういう話にゃ興味ないよ」

「警察はどこまで知ってるんだろうね？」

「ふん……。警察は、憶測じゃ動かねえよ。とんだ時間を潰《つぶ》しちまった……。じゃあな……」

黒田は、布施から離れて、『かめ吉』に向かった。布施は、黒田に背を向けて、新宿通りのほうに向かった。

「まったく正直だな……。すぐ態度に出るんだから……」

布施は、つぶやいていた。

局に戻ると、犬丸ユカリが報道局のテーブルに向かってどっかと座っていた。

「布施ちゃん。あんたに用だってさ」

すれ違いざまに、同僚が耳打ちしていった。

犬丸ユカリは、布施を見ると、にこりともせずにうなずきかけた。布施は、テーブルの脇に立ったままだった。

「あんた、何度もスクープをものにしているそうね？」

「誰だい、あんた」

布施は知っていてそう尋ねた。犬丸ユカリのような連中は、自分が有名人だと思いこんでいる。こういう扱いをされると一番腹を立てるのだ。

案の定、彼女はたちまち顔色を変えた。

「犬丸ユカリ。『ハロー・ワイド』のレポーターよ」

「じゃあ、階を間違えてる。ここは、報道局だ」

「あなたに会いに来たのよ。沢口麗子の件で何かつかんでいるでしょう？」

「俺たち記者は、警視庁の記者発表を鵜呑《うの》みにしていれば、仕事になるの」

周囲の記者や職員が何人か失笑した。犬丸ユカリは、ひどく気分を害したようだった。

周囲をきつい眼差しで一瞥すると、布施に言った。

「沢口麗子は、自殺なのね。そうでしょう？」

布施は目を丸くしてみせた。

「おい、みんな。沢口麗子は事故死じゃなくて、自殺だってよ。こいつはスクープだ。『ニュース・イレブン』でも取り上げなきゃな」

布施は、犬丸ユカリに向かってさらに言った。「材料はあるのか？　証人の映像はあるか？　遺書が見つかったのか？」

すっかり頭に来た犬丸ユカリは、椅子を蹴《け》って立ち上がった。

「なによ！　不愉快なやつね！　情報を交換しようと思って来たのに」

「そいつはありがたい。……で、そちらはどんな情報を提供してくれるんだ？」

「彼女は、自分の事務所を作るんだと、友人のタレントなんかに洩《も》らしていたらしいわ。最近は、酔うとその話だったそうよ」

犬丸ユカリは、誇らしげに言った。布施は眠たげな表情でそれを聞いていた。まったく反応がないので、犬丸ユカリは、居心地悪そうに身じろぎすると、さらに言った。

「どう？　こういう情報は、報道局では手に入らないでしょう？」

「その事務所の話というのは、関東興志会がらみじゃないのかい？」

犬丸ユカリの表情が変わった。

「ほう……。図星だったようだな……」

「ふん……。そこそこには情報を集められるようね……」

「たしかにいいことを教えてもらった。お礼に、こっちもとっておきのネタを教えるよ」

「そうこなくっちゃね」

「沢口麗子は、自殺じゃない。殺人《コロシ》だよ」

犬丸ユカリは、眉間《みけん》に皺を寄せた。

「コロシ……？」

再び、周囲で失笑が起こった。誰も本気にしていないことがわかった。彼女は、真っ赤になって言った。

「なによ！　こっちは、真面目に情報を提供しているというのに！」

「俺だって真面目だよ」

「覚えてらっしゃい！」

犬丸ユカリはけたたましい足音を立てて報道局を出ていった。

そばにいた鳩村デスクが、苦い顔でかぶりを振った。

「何だっておまえは、ああいうトラブルばかり抱え込むんだ？」

「知りませんよ。あっちが勝手にやってきたんですよ」

「言うに事欠いて、沢口麗子の件は殺しだって……？」

「あれ、本気ですよ」

「もういい。さ、最終会議を始めるぞ……」

4

布施は、資料室に行って、玉突き事故の被害者の写真をコピーした。関東興志会の若い衆の写真だけをポケットに入れ、あとはごみ箱に捨てた。若い衆の名は、南雲俊二《なぐもしゅんじ》といった。オンエア前に局を抜け出し、携帯電話を使った。黒田が持っている携帯電話に掛ける。

「はい、黒田」

不機嫌そうな声だった。

「まだ起きてたよね。ひょっとして、自宅へは帰らず、本庁に戻ったんだ？」

「おまえか……。何の用だ。こっちは忙しいんだ」

「沢口麗子ね。事務所を作ってやると持ちかけられていたらしいよ」

黒田は何も言わない。だが、電話を切ろうとはしなかった。布施は、続けて言った。

「その話は、関東興志会がらみでね……」

「おい、おまえは、そうやっていつも、俺を利用しようとする。話の裏を取らせてスクープにしちまうんだ」

「情報提供ですよ。市民の義務だ」

「食えねえやつだ」

「食われたくありませんよ」

「まあ、おまえさんの情報は確かだとだけ言っておこう」

「裏を取ったということ？」

「そんなことしゃべれるかよ。じゃあな……」

電話が切れた。

布施は、タクシーをひろって六本木へ向かった。


沢口麗子は、十六歳でデビューした。最初はＣＭタレントだったが、その後、歌手デビューをし、やがて、女優となった。女優と言っても、劇場封切りの映画に主演するような大物ではない。若い頃はテレビドラマの主役をやったこともあるが、デビューして十年もたった最近は、ビデオ・シネマか二時間枠のサスペンス物に出演する程度だった。

二年前に、Ｊリーガーの加瀬陽一と付き合いはじめ、婚約までこぎつけたが、口の悪い芸能関係者は、もう一花咲かせるための話題作りに利用したのだと囁き合った。

当時から、沢口麗子は、六本木あたりで飲み歩く習慣があり、加瀬陽一とも六本木の飲み屋で知り合ったのだという。

その後の出来事は、誰でも知っている。ふたりの婚約は破談となり、加瀬陽一は、Ｆ

Xのスポーツキャスターをやっている女性と先日結婚してしまった。婚約破棄をした当時は、週刊誌やワイドショーが、加瀬陽一のプレイボーイぶりを騒ぎ立てた。

しかし、結婚となると事情は別で、芸能関係者の口調は、お祝い一辺倒になっていった。こうした話の常で、芸能誌やワイドショーは、沢口麗子に終始同情的だったが、破談の原因は、むしろ彼女のほうにあったと、事情通は考えている。

婚約したあとも、夜中に飲み歩く癖がなおらなかったのだ。さらに、彼女は、華やかだったアイドル時代が未だに忘れられず、少しばかり話題になったのをいいことに、何とか仕事に結び付けようとした。新たな欲が湧《わ》いてきたのだ。気持ちは結婚になど向いていなかった。

破談はショックだったに違いないが、むしろ世間の同情を利用して、このところ、仕事に精を出していた。加瀬陽一の結婚への当てつけに、自殺するような女ではない。

布施はそう考えていた。

自殺ではありえない。第一、遺書も見つかっていないし、ごく身近な人間からも、自殺を疑うような話は聞き出せなかった。

布施は、沢口麗子がよく飲みに行っていた店を何軒か調べだしていた。六本木が彼女のフィールドだった。布施は、もう一度、それらの店を回ってみようと思った。

記者の身分は隠して、グラスを片手に耳を澄ますのだ。深夜の酒場は、さまざまな怪情報が飛び交っている。その中には、信じるに値する話も含まれている。夜の世界には、嘘《うそ》と本音が交錯しているのだ。

「おやおや……」

三軒目のカラオケ・スナックに入ったとき、布施は、そうつぶやいて、思わず柱の陰に隠れた。見たことのある男が、カウンターに座っていた。

そのカラオケ・スナックは、若い男性が席について相手をしてくれるので、若いOLなどに人気がある。深夜になると、クラブのホステスが客を連れて遊びに来る類の店だ。

カウンターにいるのは、ロクさんと仲間に呼ばれていた芸能記者だ。バーテンダーは、あれこれと尋ねられて閉口しているようだ。どうやら、飲みに来たのではなく、取材にやってきているようだ。

「あれじゃあ、聞き出せるものも聞き出せないじゃないの……」

布施は、つぶやいた。ロクが席を立ったので、布施は、店を出た。階段を駆け降りて、エレベーターが降りてくるのを待つ。彼は、ふと、ロクが何を探っているのか興味を覚えてしばらく後をつけてみることにした。

ロクは、タクシーを拾った。一時期は、深夜、六本木でタクシーを拾うのに苦労したものだが、最近では、空車が列を成している。布施もすぐ後ろのタクシーを拾った。

ロクはすぐにタクシーを降りた。乃木坂《のぎざか》を抜けて、赤坂にやってきていた。乃木坂通りで車を降りたロクは、細い路地に入った。

「へえ……、こりゃどういうことだ？」

布施はつぶやいた。

ロクがやってきたのは、関東興志会の事務所があるマンションだった。

ロクは独自のルートから、沢口麗子と関東興志会とのつながりをつかんで、単独乗り込んで真相を聞き出そうというのだろうか？

そんなことはありそうもなかった。考えられるのは、ロクが関東興志会に抱き込まれているということだ。

「そういうことか……」

布施は、気づいた。ロクは、沢口麗子の自殺説を有力なものにするために工作を続けているに違いなかった。

ひょっとしたら、犬丸ユカリも、ロクからの情報を真に受けているのかもしれない。

布施はそう考えた。彼は、さきほどのカラオケ・スナックに戻ってみることにした。

ぶらりと遊びに来たふうを装って、カウンターに座る。

「おひとりですか？」

さきほどロクにあれこれ訊かれていたバーテンダーが声を掛けてきた。布施は、この店のことを調べだしてから何度か通って顔を売っていた。

「そう。ぼちぼち、ホステスさんたちがやってくるだろう。目の保養をしようと思ってね」

「保養は目だけですか？」

「そうだよ。金使って、体使って、というのは卒業したの」

バーテンダーは笑った。どうせ本気にはしていない。

「そうそう。さっき、俺、ここを覗《のぞ》いたんだよ。そしたらさ、ロクのやつがいたから、時間を潰してきたんだ。あんなやつに捕まりたくはないからな……」

「ああ、さっきの芸能記者……。知ってるんですか？」

「ちょっとね……。嫌なやつさ。いろいろ訊かれたろう？　麗子ちゃんのこと？」

「よくわかりますね……」

「あいつらは今、そのことに夢中だからね……」

「訊かれたというより……。あいつ、麗子さんが自殺だと決めてかかってるんです。何かそういう兆候があっただろうって、しつこくて……」

「……で、あんた、自殺だと思う？」

「冗談。自殺する理由なんてないですよ。新しい彼氏もいるみたいだったし」

「へえ……。彼女死んじゃって、その彼氏はたいへんだな……」

「どうですかね……。不倫みたいなこと言ってたから。何でも、ちょっとした大物だって……。誰かは知りませんがね……」

「やだね……。その筋の人かね……？」

布施は、頬《ほお》を人差し指でなぞって見せた。バーテンダーは、肩をすぼめた。

「さあね……」

「まあ、俺には関係ないやね……」

布施は、徹底的に無関心を装っていた。彼は、ジントニックを注文した。冷えた飲み物を味わうと、彼は、心の中でつぶやいた。

（さて、ロクさんに、ちょっとばかり働いてもらおうかな……）

5

翌日、非番の布施は、再び、夜の六本木に繰り出した。どこかで網を張っていれば、ロクを捕まえることができるかもしれないと考えていた。彼は、鮮やかなグリーンのシャツの上にチェックのジャケットを着て、コットンパンツを穿《は》いていた。

彼は、夜の十時頃から酒場を回りはじめた。誰かを探しているという気配は微塵《みじん》も感じさせない。夜の街を心から楽しんでいる風情だった。

沢口麗子がよく食事をしたというイタリアン・レストランから始めて、ショット・バーを覗き、昨夜のカラオケ・スナックで一杯やった。夜の一時を回ると、オカマ・バーに腰を落ち着けた。

「布施ちゃんだったわね」

カウンターの向こうから、ママが声を掛けてきた。ママと言っても、女装をしているわけではない。男の恰好のまま、しぐさと言葉づかいだけが女なのだ。

「どうも……」

「いつもひとりね……」

「迷惑かな？」

「そんなことない。あんたほどきれいな遊び方する人に友達がいないわけはないと思ってね」

「つるむのが嫌いなんだ」

「遊びじゃないわね……」

「そう思う？」

「あたしたちの勘は、女より鋭いのよ」

「人生経験も豊富だろうしな……」

「そう。普通の人の倍、ものを見ているからね。男の眼と女の眼」

「沢口麗子の死に方が気になってね」

「なあに。警察？　そうは見えないけど……」

「訊かないでくれるとありがたいんだ」

「そう。わかったわ。それで、ここへ来て何がわかるというの？」

「ロクと呼ばれている芸能記者を待っている。そのうち現れるんじゃないかと思ってね……」

「ロク……。ああ、島田麓彦《しまだろくひこ》ね……。いけすかないやつだわ」

「同感だね」

「あいつがどうかしたの？」

「約束は守れる？」

「じゃなきゃ、こんな店やってけないわ」

「沢口麗子は殺されたのかもしれない。ロクは、たぶん、そのことを知っている」

ママは、とたんに厳しい眼になった。今までとは人が変わったように見えた。油断のならないタイプだ。しかし、布施に反感を持っているわけではないことは、すぐにわかった。

「麗子ちゃんの敵《かたき》を討とうというわけ？」

「俺は真実が知りたいだけさ」

「麗子ちゃんはね、いい子だったのよ。ただ、ちょっと人より負けず嫌いだっただけけられなかった……。かわいそうな子だったのよ。助けが必要だったの……」

……。彼女、自分の弱さに気づいていなかったのね。だから、傷ついたときは、手がつ
「助けは誰だって欲しいさ」

「あなたは、そういうタイプには見えないわ」

「ひとりで生きられるやつなんて、いないよ」

そのとき、バーのドアが開く音がした。ママが「いらっしゃい」と言って、布施に目配せした。ロク——島田麓彦がカウンターに近づいた。

布施は振り返った。島田麓彦は、布施を一瞥したが、あっさりと無視した。覚えていないようだった。

「あんたを待っていたんだ」

布施が、にこやかに言った。ロクは、改めて布施を見た。思い出したようだった。

「何の用だ」

「ちょっと内密の話がしたいな……」

ママがふたりから離れた。ロクは、ビールを注文した。

「てめえの話なんぞ、聞いている暇はねえな。俺は、忙しいんだ」

「沢口麗子の死を自殺だと世間に思わせる工作に？」

「何の話だ？」

ふと、ロクの眼に危険な光が瞬いた。

「あんたが、いくらこそこそやったって、事実を隠せやしないよ」

「寝言なら、帰ってベッドの中で言いな」

「粋な台詞《せりふ》だな。関東興志会の連中に習ったのか？」

「何のことだかわからんな……」

「こいつ、知ってるだろう」

布施は、南雲俊二の写真のコピーを取り出した。高性能のカラーコピーだから、人相ははっきりしている。ロクは、一瞥して言った。

「知らんよ」

「それはおかしいね。沢口麗子のことを追っかけてる記者なのに？　これ、あの事故の負傷者のひとりだよ」

「そうか……？　俺の知ったこっちゃない。俺は、芸能記者だからな……」

「これね、南雲俊二っていうんだ。関東興志会の組員でね。もと暴走族だってさ。特技は何だと思う？　自動車の運転なんだってさ。酔っぱらった沢口麗子の車に接触して事故を起こさせるくらいのことはやってのけられるだろうな……。しかも、自分は咄嗟《とっさ》に何とか軽傷で済むようにハンドルを切ることもできる……」

話を聞いているうちに、ロクの態度は変わっていった。ふてぶてしさはそのままだったが、次第に落ち着きをなくしてきた。彼は、ビールをぐいとあおった。

布施は、効果を高めるために、しばらく沈黙の間を置いた。ロクは、もう一口、ビールを飲んだ。

布施は、最後の爆弾を落とした。

「関東興志会とつながっているのは誰か……。これは、芸能関係ではなく、むしろ、政治・経済の記者がよく知っている。民自党の山野辺徹夫だ」

ロクは顔色を失っていた。布施はさらに言った。

「沢口麗子が付き合っていた大物ってのは、山野辺徹夫だろう？　あんた、それを知っていたはずだ。統一地方選挙を睨んで、若い女優とのスキャンダルは、命取りだよな」

ロクは耐えきれなくなったように、布施のほうを向いた。彼は、顔面に汗を浮かべ、布施に顔を近づけて、緊迫した囁き声で言った。

「おまえにはわかっていないんだ。ああいう連中の恐ろしさが……」

布施は、かすかに笑いを浮かべてスツールから立ち上がった。

「がっかりさせるなよ。ジャーナリストだろう？」

布施は、店を出ていった。恐怖に震えているロクの姿が眼に浮かんだ。

彼は、黒田の携帯電話に掛けた。電話がつながらなかった。電源が切れているか、電波が届かないところにいるという例のメッセージが流れてくる。警視庁の捜査一課に掛けて黒田を呼び出してもらおうとしたが、伝言なら受け付けるという返事だった。至急、連絡が取りたいと告げて、電話を切った。

6

関東興志会の動きは早かった。あっという間に、今、布施が出てきたばかりのオカマ・バーのそばに、五人集まっていた。

布施は、電話を切ったとき、その動きに気づいた。彼は、そっと、その場を離れようとした。

「いた！　あそこだ！」

そう叫ぶ声が聞こえた。誰の声か振り向かなくてもわかった。ロクが叫んだのだ。

布施は、駆けだした。なるべく、人通りの多い場所へ向かった。黒田に連絡が取れなかったのが致命的だった。

人の多い場所を選んで逃げたつもりだったが、そういう場所は限られている。六本木といえども、深夜の二時近くなれば、人通りが多いのは、交差点あたりだけだ。交差点を渡ったところに交番があり、そこへ駆け込もうかと思ったが、信号に遮られた。布施は、麻布警察署に向かった。警察署に駆け込んで、黒田に連絡をつけてもらうつもりだった。

しかし、布施は、麻布署までたどりつけなかった。関東興志会の組員の一人が裏道から先回りしていた。布施は歩道で挟まれた。

抵抗しようとした瞬間、さっと口を塞《ふさ》がれ、両手をつかまれた。すぐさま、口にガムテープを貼られた。そのまま、路地裏に引きずり込まれた。六本木通りと並行して走る裏通りに黒塗りの車がやってきて、布施は、その車に押し込まれた。男たちは、恐ろしく手際がよかった。布施は、半ばパニックになりながらも、さすがにプロだなと、感心をしていた。

車は走りだした。誰も口をきかない。車は、布施が思ったとおりの場所にやってきた。関東興志会の事務所のあるマンションだった。万事休すだった。このまま消されて、東京湾で魚の餌《えさ》になるかもしれない。

布施が引きずり出された。一か八《ばち》か、ここで暴れるしかない。布施はそう思って、力の限り身をよじった。その途端、脇から膝蹴《ひざげ》りを見舞われ、さらに、レバーにパンチを食らった。体の力が抜けていく。

恐怖と同時に脱力感を感じた。

そのとき、突然、ライトが灯《とも》った。車のヘッドライトがアッパーで点灯されたのだ。そのライトの中に人影が浮かんだ。逆光で顔は見えない。その人影が言った。

「よお、布施ちゃん。最近はそういう遊びが流行《はや》ってるのか？」

黒田の声だった。布施は、さきほどとは別の意味で脱力感を覚えた。

「何だ、てめえは？」

組員がわめいた。事務所の前ということもあって気が大きくなっているようだ。

黒田の後ろの車から、さらに三人の男たちが現れた。黒田が、歩み出て、警察手帳をかざした。

「桜田門だ。文句あるか？　誘拐と暴行の現行犯だぜ」

パトカーのサイレンが急速に近づいてきた。


「なんだ？　しょんべんちびったか？」

黒田がぐったりしている布施に言った。組員たちは、連行されていった。

「本当にちびったかもしれない」

「へたすりゃ、あんた、死んでたぜ」

「ロクはどうした？　島田麓彦という芸能ゴロだ。あいつが、何もかも知ってるんだけど……」

「今夜、おまえさんの誘拐に関わったやつは全員現行犯逮捕した。六本木で何人か捕まえたから、その中にいるだろう」

「あんた、俺をつけてたね？」

「そういう言い方するなよ。尾行してなきゃ、今頃、おまえさん、事務所に連れ込まれて拷問されてたぜ。あげくの果てになぶり殺しにされるはずだった」

「考えたくもないね。それで、どこまでやれる？」

「さあね……。これで、令状を取る口実ができた。南雲俊二を引っ張れる。誰かが口を割れば、捜査の手は、大物まで伸びるかもしれんが、どうかね……」

「大物？　はっきり、山野辺徹夫と言ったらどう？」

「言えるかよ」

「沢口麗子殺しの真相を放映するよ」

「誰かが口を割って、殺人の令状が取れたら、電話してやるよ。俺は手柄を立てた。おまえさんはスクープをものにした。これで五分だ」


翌日、布施は午前中から局に出て、皆を驚かせた。いつもは、午後六時の会議ぎりぎりにやってくるのだ。彼は、南雲俊二の自宅と関東興志会に中継車を向かわせるように手配した。おかげで、南雲俊二逮捕と、関東興志会の家宅捜索の模様をビデオに収めることができた。だが、まだ、あくまで、南雲俊二の容疑は、昨夜の誘拐・暴行に加担したというもので、別件逮捕だった。

午前二時、黒田から電話があった。

「島田が落ちた。南雲を、沢口麗子殺害の実行犯として再逮捕した」

「いいですか。あくまで、沢口麗子殺しのニュースと、山野辺徹夫が不正融資に関して関東興志会を利用したというニュースは、別のニュースです」

最終会議で、鳩村デスクは、ふたりのキャスターに念を押した。「へたなことしゃべると、局長以下全員の首が飛びます」

「わかってる……」

鳥飼行雄は言った。「だが、せっかくの布施ちゃんのスクープなのにな……」

「殺人に関して、捜査の手はまだ山野辺徹夫には及んでいません」

鳩村デスクは、真剣に言った。

「視聴者はばかじゃないわ」

香山恵理子が言って、布施にほほえみかけた。布施は、肩をすくめて見せた。

オンエアで、香山恵理子のほほえみの理由がわかった。彼女は、あくまでふたつの事件を別扱いにした上で、こうコメントした。

「ふたつの事件に、関東興志会という名前が出てきたのですが、単なる偶然と考えていいものでしょうか。新たな疑惑が芽生えたような気がします」

鳩村デスクは肝を冷やしたようだが、この程度のコメントで済んでほっとした様子だった。

確たる証拠はないにしろ、世間は、山野辺徹夫に関する悪い噂《うわさ》でもちきりになるだろう。統一地方選を目前にして、このダメージは致命的かもしれない。

「あんた、ほんとにいい女だよ」

布施は、スタジオの隅でそうつぶやき、密かにほほえんでいた。

第三章　遊軍記者

1

持田豊《もちだゆたか》は、ひどく緊張していた。仕事のためとはいえ、生きた心地がしない。

彼は、新宿歌舞伎町の雑居ビルに向かっていた。派手なネオンサインや、呼び込みの声の中を通りすぎ、持田は、歌舞伎町のはずれにやってきていた。ゴールデン街から、区役所通りを隔てて反対側に位置するあたりだった。

彼の前を歩いているのは、流氓《リュウマン》だった。流氓というのは、もともと中国の農村地区から都市に流れ込んだ人々のことを言った。転じて今では、都市にたむろする不良中国人のことを指すようになった。

持田が苦労して見つけ出した人脈のひとりだ。

東都新聞社会部の遊軍記者である持田は、情報源を得るために、常に努力していた。

自腹を切るのは珍しいことではない。仲間からシャオリーと呼ばれるこの流氓にも少なからず金を使った。

さんざん飲み食いをさせたり、情報料という名目で金を渡した結果、ようやく、流氓の仕切る賭博《とばく》の現場に案内してもらえることになったのだった。

潜入取材というのは、文字通り命懸けだ。苦労したからといって記事になる保証は何もない。へたをすれば、生きて帰れない。

社会部には、記者クラブにたむろし、記者会見による公式発表だけを記事にする類の記者もいる。若い時期は、地方回りをやらされてあまりの退屈さにすっかりやる気をそがれてしまう者もいる。

また、夜回りで刑事と酒を酌み交わすうちに、いつしか記者の側でなく警察の側の心情に傾いてしまう者もいる。持田は、自分のことを気骨のある記者だと信じていた。

三十歳を過ぎてもなお、青年のような風貌《ふうぼう》をしている。よくいえば若々しく、悪くいえば蒼臭《あおくさ》い印象があった。

新聞というのは、社会正義のためにあると本気で信じている男だった。その正義感や反骨精神が時として空回りすることもある。やりすぎて、取材先から苦情がくることも珍しくない。

実のところ、こうした性分は少々はた迷惑なところもあるのだが、彼は、自分のやり方を信じて疑わなかった。

シャオリーは、小柄な男だ。おそらく小李と書くのだろうと持田は思った。李某《なにがし》という名で、小柄なせいで皆からそう呼ばれているに違いなかった。

彼は、雑居ビルの一階にある中華レストランの前に立った。すでに店は仕舞っているようだ。

「ここがそうなのか？」

持田は、尋ねた。

「そう……」

「驚いたな……。ただの中華料理屋のように見える」

「見えるじゃなくて、ただの中華料理屋よ。店仕舞いしてから使うね」

シャオリーの年齢はよくわからない。四十過ぎにも見えるし、二十くらいにも見える。口の上に、薄い髭《ひげ》が生えている。笑うと前歯が一本欠けている。

持田は、何か理由を見つけて帰りたかった。今ならまだ引き返すことができる。しかし、職業意識がなんとか彼を踏みとどまらせた。

（僕は誰にも書けない記事を書いてやるんだ）

不安と緊張のせいで腰のあたりが頼りない感じがした。

シャオリーが、入口のドアを叩いた。すぐに中から返事がある。アメリカの禁酒法時代の秘密のバーみたいに、覗《のぞ》き窓がある訳ではなかった。ドアを細くあけて、誰かが覗いている。

シャオリーと中の男は、早口の中国語で何かやり取りをしている。日本人を入れるかどうかで揉《も》めているのだろうと持田は思った。緊張感が高まった。

不意にドアが大きく開いた。

シャオリーが、振り向いて、頭をぐいと入口のほうに倒してみせた。「来い」という意味のジェスチャーだ。

持田は、なめられまいとして努めて堂々と振る舞っていた。中では麻雀《マージャン》をやっている。日本で見慣れた麻雀より、かなり牌《パイ》が大きい。

卓に着いているのは、いずれも中国人のようだ。持田は、ここでは明らかに異邦人だ。皆、冷たい視線を投げてよこす。

普段、クラブなどで愛想を振りまいている類の中国人ホステスもここでは、にこりともしない。敵意にも似た目つきで持田を睨《にら》み付けた。

持田は、記者としての意識を保つために、シャオリーに質問した。

「どうしてこの中華料理店を使っているんだ？」

「この店のオーナーが、胴元ね」

「もっと秘密めいた個室か何かでやっていると思っていたがな……」

「手入れがあったとき、出口が複数のほうがいいね。ここ、厨房《ちゅうぼう》にも出口がある。手入れのときは、両方を塞《ふさ》がれるよ。それでも、出口、ひとつより、助かる確率増えるね」

　手入れという言葉を聞いて、持田の背筋はますます寒くなった。そうだ。僕は、今、中国人だけでなく、日本の官憲をも敵に回してるんだ……。そんな思いがよぎったのだ。

「旦那、中国式麻雀、できる？」

「いや……。やったことがない」

「それじゃ、ここにきてもしょうがない……」

「やりかたを教えてもらえれば……」

「ここ、博打《ばくち》やるところよ。誰も麻雀のやりかたなんて教えてくれないね……」

　それを聞いて、持田は、正直なところ救われた気分になった。ここを引き揚げる口実ができたというわけだ。しかし、シャオリーの次の言葉で、持田は、早々に引き揚げるのをあきらめなければならなかった。

「仕方がないね……。ひとつだけ、日本ルールの卓があるよ。その卓で空きを待つしかないね」

「日本ルールの卓が……？」

　シャオリーは、奥に進んだ。その卓は、入口から見て右手奥にあった。

卓を囲んでいる男たちの中のひとりは、明らかに日本人だった。しかも、持田は、その男に見覚えがあった。持田は仰天してしまった。

その日本人は、かたわらに中国人ホステスらしい女性を侍《はべ》らせ、実に場馴《ばな》れした様子で麻雀を打ちつづけている。緊張した様子など露ほども見られない。しかも、その男にべったりと身を寄せている中国人女性は、若くてたいへんな美人だった。

「布施ちゃん……」

思わず持田は呼びかけていた。

男は、ちらりと眼を上げ、すぐに卓に視線を戻した。牌の展開が最大の関心事だという態度だった。

「誰だっけ？　おたく……」

布施は言った。

持田のことを無視しているという感じではない。本当に覚えがなさそうだった。

「僕だよ、持田だよ……」

東都新聞の、と言いかけて持田は、口を閉ざした。潜入取材をしている身だ。

「持田……？」

布施は、もう一度、ちらりと持田のほうを見た。

「ああ……。警視庁の記者クラブで会ったことあったっけな……」

持田は、心臓がひっくりかえりそうになった。

警視庁と聞いた瞬間、まわりの音が止まった。中国人たちは、手を止めて、持田をじっと見つめている。

シャオリーは、天を仰ぎ、小さくかぶりを振っている。持田は、舌が恐怖のために冷たく乾いていくような感覚を味わっていた。

たん、と大きな音を立てて、布施が捨て牌した。布施は、平然と言った。

「だいじょうぶ。警察関係じゃないよ。俺の局と同じ系列の新聞社の記者だ。まあ、俺の同僚みたいなもんだ」

とたんに、牌を操る音が、店の中に戻った。誰もが持田への関心をなくし、自分の勝負に熱中しはじめたように見える。

持田はすっかり度肝を抜かれた。布施京一がここに来ているということは、持田と同じく潜入取材としか思えない。だが、持田と違い、布施京一は、ここの連中に信用されているように見える。

これは、一体どういうことなのだろうと持田は思った。

もともと、布施は、噂《うわさ》の多い男だった。数々のスクープをものにしているのだが、その名前はごく一部にしか知られていない。

放送記者は、たいてい現場から中継などをやらねばならず、何度か画面に顔を出しているのが普通だ。だが、布施は、まだ一度も画面に顔を出したことがなかった。

持田は、つい、取材の目的を忘れて布施を観察してしまった。

布施は、ただ麻雀を楽しんでいるように見える。いや、楽しんでいるというのとも少し違う。ただ、淡々と打ちつづけているのだ。今は、それしかやることがない、といったような調子だ。

むしろ、楽しそうなのは傍らにいる中国美人だった。

緊張感が薄らいだ持田は、その娘の美しさを改めて観察する余裕ができた。まるで卵のむき身のような顔をしている。つるつるの白い肌に、漆黒《しっこく》の髪。筆で一気に引いたような細く勢いのよい眉《まゆ》。切れ長で、黒曜石のように光る眼。唇は、小さいが肉付きがよく、愛らしさと妖艶《ようえん》さが同居する不思議な感じの美女だった。

持田は、意味もなく布施がうらやましくなった。

いろいろと訊《き》きたいことがあった。だが、この場では、訊くことはできない。それに、今日は、布施を取材にきたわけではないのだ。

「ほら、旦那。空いたよ」

北家の男が、悲しげに天を仰いでから立ち上がった。その男は、振り向きもせず出口に向かう。たぶん、すっからかんにされたのだろうと持田は思った。

持田は、空いた席に座った。レートを聞いてから、ゲームに加わる。

レートはさして高くはないが、東風のみの毎回精算で早打ちを要求される勝負だ。持田は、上の空だった。布施は、のらりくらりと打ちつづける。大きな手で上がるわけでもなければ、振り込むわけでもない。おそらく、プラス・マイナス・ゼロといったところだろうと持田は思った。

布施に気を取られているうちに、持田の勝負はどんどん沈んでいった。たちまち、用意していた金が底を尽きそうになった。

ここにたむろしている中国人と持田の違うところは、生活費を賭《か》けているかいないかという点だ。すっかり負けたとしても、彼は、明日からの生活に困ることはない。

持田は、卓を離れようと思った。そのとき、中国語の叫び声が聞こえた。出入口で誰かが大声で何かを告げたのだ。

全員がいっせいに席を立った。厨房のほうへ駆けだしていく。

「何だ……」

持田はうろたえた。

一度、厨房のほうに向かいかけた布施が、持田のほうを向いて言った。

「捕まりたくなかったら逃げたほうがいいよ」

「逃げる……？」

「警察の手入れだよ」

「手入れだって？」

「俺、捕まりたくないからね」

布施は中国娘の手を取って走りだした。

「待ってくれ」

持田は、慌ててその後を追った。

混乱していた。何がどうなったのかわからない。背後では、日本語の怒鳴り声が聞こえる。表の出入口のほうに向かった中国人たちは、比較的おとなしかった。

「おとなしくしろ。壁のほうを向いて手をつけ。早くしろ」

その声は、警察官のものだろう。

裏口は、混乱しきっていた。逃げだした中国人たちを押し止《とど》めようとしている者がいる。捜査員だろう。

中国人たちは、その阻止ラインを突破しようとしているのだ。捜査員は、中国人たちを平気で殴った。彼らも必死、中国人たちも必死だった。

布施は、冷静にその混乱を眺め、隙《すき》を見てするりと外に抜け出した。持田は、布施にぴったりとくっついていた。

背後では、まだ揉み合いが続いている。持田は、自分たちが抜け出せたことが不思議だった。見ると、ほかにもその場を抜け出した中国人が何人かいる。

布施は、足早にその場を去ろうとしている。もう持田になど何の関心もなさそうな様子だ。

持田は、駆け足で布施と連れの中国娘に追いすがり、言った。

「ちょっと待ってくれよ」

布施は、振り返らずに言った。

「飯食いに行くけど、いっしょに来る？」

2

コマ劇場の近くまでくると、布施は、のんびりと歩きはじめた。深夜までやっている焼肉屋を見つけて入ると、次々と料理を注文しはじめた。

今しがた、警察の手入れから逃れたばかりとはとても思えない。修羅場に慣れているとか物騒なことが得意だという雰囲気ではない。

強《し》いて言えば、何も考えていないという感じだった。

持田のほうはといえば、いまだに心臓がどきどきしていた。緊張感のために吐き気すらしている。とても焼肉を食うどころではない。

「慌てて逃げる必要などなかったんだ」

持田は、布施に言った。

布施は、不思議そうな顔で持田を見た。持田の言っていることに異議があるという感じではない。何のことを言っているのかわからない様子だった。ぽかんとした表情だ。

「僕たちは、記者だ。取材をするためにあそこにいた。事情を説明すれば、警察だってわかってくれたはずだ」

「ああ、そのこと……」

布施は言った。「警察はそんなに甘くないよ」

「だって、僕たち記者なんだぜ……。知り合いの刑事だってたくさんいるし……」

「関係ないよ。俺、仕事で行ってたわけじゃないもん」

「どういうことだよ」

「このコが面白いところ、連れてってくれるって言うんで、付いていっただけだよ」

「嘘《うそ》つけ。潜入取材だろ」

「あのね。あんた、ブンヤだからいいけど、俺、ビデオカメラがなきゃ仕事にならないんだよ」

「八ミリでも回してたんじゃないのか?」

「冗談……。俺、あそこで遊んでただけだよ。だから、警察に捕まったらヤバいのさ」

とてもヤバいことをしているという態度ではなかった。

肉の皿や漬物類がやってきて、布施は、どんどん焼きはじめる。持田は、ビールをちびちびやっていた。酒が入り、持田はようやく落ち着きを取り戻した。

「何かの情報集めだろう？　それならテレビカメラやビデオはいらない。何か嗅《か》ぎつけたのか？」

「そんなんじゃないってば」

記者が、独自のネタを同業者に洩《も》らすはずはないか……。持田は、そう思った。

布施を見ていると、本当に遊びに行っただけとしか思えない。だが、布施は、いくつものスクープをものにしている。こののらりくらりとした態度は、カムフラージュに過ぎないのではないかと持田は勘繰っていた。

「あ……」

布施がふと気づいたように顔を上げた。

「何だ……」

持田は、心持ち身を乗り出した。

「このコね。ミンミンちゃんていうんだ。六本木のクラブでバイトしている。日本語学校の生徒さんなんだけどね」

持田は、がっかりした。何かネタに関することを話してくれるのかと思ったのだ。

「それって、正確に言うと不法就労なんじゃないの？　学生ビザで来日してるんだろ

「あのね。彼女たち、暮らしていくのが大変なんだよ。学校の授業料払って、家賃払って……」

「わかるけど……」

持田は、ミンミンを見た。彼女は、無邪気に焼肉をつついている。

持田は、話題を変えた。

「また、あそこに行くのか？」

「あそこって？」

「麻雀賭博だよ」

「しばらくは、開かれないよ。今日、手入れを食らったんだから。しかし、あんた、ついてないよな。やってきたその日に手入れだなんて……」

「いや、記者としては、むしろついているのかもしれない。トラブルは飯の種だ」

「へえ……。たくましいんだ。俺、そういうの苦手だな……」

布施は、瞬く間に肉を平らげていく。ほっそりとした体格だ。持田は、このどちらかというと小柄で、華奢《きゃしゃ》な体のどこに大量の肉が入っていくのか不思議ですらあった。

布施の食欲を見ているうちに、持田も腹が減ってきた。さらに、布施と話していると、取材のことなどどうでもいいような気になってきた。

持田も、焼肉に箸《はし》を伸ばした。

「始発まで遊ぼうかと思うんだけど、いっしょに来る？」

布施が言った。

持田は思わず、ミンミンの顔を見た。彼女は、日本語学校に通い、六本木のクラブでアルバイトをしているくらいだから日本語を話せるはずだ。だが、ひとこともしゃべっていない。持田は、彼女が自分に反感を持っているのではないかと思った。

考えてみれば当然かもしれない。彼は、デートの邪魔をしているのだ。しかし、デートで麻雀賭博とは……。

「いや、これ以上、邪魔をするわけにはいかない」

「邪魔？」

「デートだろ？」

「ああ、気にしないでよ」

「彼女が気にするかもしれない」

ミンミンが持田のほうを見て、くすりと笑った。

「あたしたち、そんな関係じゃないよ」

「そう。単なるお友達」

持田は、なんだかすべてがばかばかしくなってきた。

「いや、ハイヤーを待たせてあるんだ」

「へえ……。黒塗り……。俺、いつも思うんだけど、新聞記者っていいよね。どこ行くんでもハイヤー使えてさ……」

「テレビ局だってそうだろう」

「俺なんて使わせてもらったこと、ないよ。やっぱ、同じ記者でも、待遇違うよなぁ……」

持田は、すっかり毒気を抜かれてしまい、伝票を持って立ち上がった。

「ここの払いは、僕が持つよ。助けてもらったからな」

「あ、悪いね」

布施はまるで遠慮するそぶりを見せない。持田は、伝票を持ってレジに向かった。

店の外に出ると、布施とミンミンは、コマ劇場の方向に歩き去った。持田は、何か肩すかしを食らったような気分で、その後ろ姿を見送っていた。

3

午後六時、TBN報道局では、『ニュース・イレブン』の今日一回目の会議が開かれていた。

ＴＢＮは、ＩＮＮという全国のニュースネットワークを持っており、この時点で、地方局から送られてきたＶＴＲなどはそろっている。

国会関連のＶＴＲもすでに届いており、トップは政治関連のニュースの予定だった。ＶＴＲ一分に、国会からの生中継が二分入る。

デスクの鳩村昭夫は、放送記者から叩き上げられた報道一筋の男で、きわめて真面目《まじめ》な男だった。

テレビの世界は、いわゆるギョウカイと言われ、いい加減な人種が多い。待ち合わせには、三十分は遅れるというのがあたりまえだ。これをギョウカイ時間などと呼んでいるが、鳩村昭夫は、そういうものとは無縁だった。彼自身時間に正確だが、まわりの者にもそれを求めた。

会議の席に、布施京一が姿を現さないので、彼は、いらいらしていた。

メインキャスターの鳥飼行雄と、女性キャスターの香山恵理子は、すでにテーブルに着いて余白だらけの項目表を眺めている。彼らは、布施京一が姿を見せないのも、そのせいで、鳩村昭夫がいらついているのも、まったく気にしていなかった。いつものことなのだ。

鳥飼行雄は、ダークグレイの背広に、ペイズリーのネクタイを合わせていた。複雑な色彩が入り交じったネクタイだが、基調は、美しいブルーだった。

ワイシャツは白。上品な出《い》で立ちだ。

香山恵理子は、まだ、ジーパンにセーターという出で立ちだった。本番では、ミニスカートのスーツに着替える予定だ。

報道局の中に、大きなテーブルが置いてあり、それが、『ニュース・イレブン』のデスク兼会議室だった。そのテーブルに刻々とファックスが届けられる。鳩村昭夫は、布施のことをぶつぶつ言いながら、タイトル連絡表に次々とニュースタイトルを書き込んで、伝令係のバイトに渡している。

タイトル表は、番組ディレクターを通り、タイトル室に送られる。タイトル室で、スーパーインポーズ等の処理が行われるのだ。

六時十五分になって、ようやく布施がふらふらと現れた。どう見ても寝起きの顔だ。ジーパンに、スウェットのセーターという恰好だった。報道局では、記者はたいてい背広にネクタイという服装だから、布施は、使い走りのバイトのように見える。

「どうして、おまえは、時間どおりに現れないんだ?」

鳩村昭夫は、布施の顔を見るなり言った。布施は、平気な顔で、空いていた椅子に腰を下ろした。

「あれ、遅れた？　そりゃどうも……」

「おまえ、会議なんてどうでもいいと思ってないか？」

「ええ。まあ、多少は……」

鳩村昭夫は、あきれた表情で布施を眺め、それからかぶりを振った。

「デスクにそう尋ねられたら、嘘でも、そんなことはありませんとか言うべきじゃないか？」

「そうなんですか？」

「まあ、いい。項目表だ」

「トップは、民自党の総裁選挙と新党問題ね……」

「ヘッドラインが入って、確定ＣＭ。ＣＭ明けに、鳥飼さんのコメントが入って、Ｖが流れる。そのあと、すぐに国会記者クラブとつなぐ」

「いつもの通りね」

布施は、言いながら、鳥飼行雄と香山恵理子を眺めていた。

鳥飼行雄は、気づいて布施に尋ねた。

「どうだい、今日の服装」

「ばっちりですよ。イメージに合っている。渋くて知的」

「そうか。布施ちゃんにそう言われると、自信がつくな」

「あたしは、今日、ダークブラウンのスーツ」

香山恵理子が言う。

「ミニスカート？」

「そうよ」

「秋らしくていいじゃない」

「おい」

鳩村デスクが、渋い顔をする。「『ニュース・イレブン』は、報道番組だぞ」

「報道番組でも、視聴者が見なきゃ意味ない」

布施が言った。「どんなにいい内容でも、見てもらえなきゃしょうがない。十一時台のニュースショーは、激戦区だよ。お色気を含めた夜のワイドショーを流してる局もある。それに勝たなきゃ」

「香山さんは、そんな言われ方して頭こないの？」

「あら、あたしが視聴率を稼ぐ役に立っているということでしょ。光栄だわ」

「女権論者《フェミニスト》かと思っていたがな……」

「機会均等を求めるという意味では、女権論者かもしれないわ。でも、女性と男性の役割は心得てるの」

布施は、あくびをした。

鳩村デスクは、それを見逃さなかった。

「また、六本木で夜更かしか？」

「違いますよ」

「夜遊びじゃなけりゃ、何をしてた？」

「六本木じゃないという意味です。新宿ですよ。歌舞伎町。朝の八時まで遊んでたもんで……」

鳩村は、愛想が尽きたというようにかぶりを振って溜《た》め息をついた。

香山恵理子が尋ねた。

「あら、新宿なんて珍しいわね」

「俺、どこでも行きますよ」

「何かおもしろいネタがあるの？」

「そういえば、東都新聞の記者に会いましたよ。何てったかな、あの人。確か、持田とか言ったたな……」

「どこで？」

「中国人が仕切ってる、麻雀賭博の店で……。そこに手入れがあってね……。危うく、ふたりとも検挙されるところだった」

「麻雀賭博だと……」

鳩村デスクが目をむいた。彼は、思い出したように、記者から届いたタイトル表のコピーをかき回した。「あった。そのニュースも届いている。飛び込みがなければオンエアするつもりだった。冗談じゃないぞ。うちの記者が検挙されたなんてニュース流すはめになったら……」

「そこで何をしてたの？」

香山恵理子が尋ねる。

「持田かい？　潜入取材だと言ってたけど……」

「その記者じゃなくてあなたよ」

「俺？　遊んでたんだよ。結局、プラマイ・ゼロだけどね……」

「あなたが、ただ遊んでたとは思えないわね……」

「遊んでたの。可愛い上海娘《シャンハイむすめ》と知り合いになってね……」

「上海娘と遊び回っているうちに、耳寄りな情報を手に入れた……。それで、歌舞伎町に出掛けていった……。そうじゃない？」

「やだな。俺、ただ遊んでただけだよ」

「もういい！」

鳩村昭夫が、書類をテーブルに投げ出した。「会議は終わりだ」

布施は、のそのそと立ち上がった。

「やれやれ、助かった。俺、今日まだ何も食べてないんだ。飯食ってくるわ」

鳩村デスクは、もう何も言おうとしなかった。

鳥飼行雄が言った。

「あまり興奮しないほうがいいよ。血圧が気になる年頃だろう？」

持田は、ゆうべの出来事が気になっていた。やはり、布施がただ遊んでいただけとは思えなかった。

潜入取材の記事は、近いうちにまとめるつもりだった。デスクからせっつかれているわけではない。ただ、もう二度と歌舞伎町の怪しげな場所に潜入するのはごめんだと思った。彼は、自分では、敏腕記者だと思っているが、それは、東都新聞という看板を背負っているからであって、裸一貫でジャーナリズムのために命を投げ出せるほどの覚悟はない。持田自身は、その点に気づいていない。

日が暮れると彼は、平河町にある『かめ吉』に出掛けた。

そこで、持田は、布施を見つけた。

布施はひとりだった。カウンターに腰掛けている。持田は、布施に近づいた。

「隣いいかい？」

布施は顔を上げた。

「いいよ。どうせ、ひとりだ」

「縁があるのかな。よく会うじゃないか」

「ここは、刑事と社会部記者の溜まり場だよ。会ったって不思議はない」

「誰待ってんだ？」

「別に……。飯食ってるだけだよ。最初の会議が早く終わったんでね……」

「あんたの局、乃木坂にあったよな。なんでこんな場所まで来るんだよ」

「ここの料理、俺、好きなんだよ」

「あんたには似合わないような気がするな……」

「どうしてさ」

「ここは、量の多さが自慢なのさ。味がどうこうという店じゃない。安い金でたらふく飲んで食えるだけの店だ」

「俺、けっこう大食いなんだよ」

持田は、昨夜の布施の健啖《けんたん》ぶりを思い出した。

「なあ、何探ってんだよ」

「何のこと？」

「とぼけんなよ。ゆうべのことだよ」

「遊んでただけだってば。あんた、夜回り？」

「当然だろ。でなきゃ、こんな店、来ないよ」

「そう？　俺、けっこう気に入ってるけどな、ここ」

出入口の引き戸が開いた。

持田の知っている男が暖簾《のれん》をかきわけた。警視庁捜査一課の黒田裕介部長刑事だった。黒田は、布施と持田がカウンター席に並んで腰掛けているのを見て、顔をしかめ、店を出ていこうとした。

「待ってよ、黒田さん」

布施が声を掛けた。「俺の顔見て、出ていくことはないじゃない」

「俺ぁ、一日の仕事の疲れを癒《いや》しに来たんだ。てめえらと腹の探り合いなどやりたかねえ」

「俺だって、飯食ってるだけだよ」

黒田は、一瞬躊躇《ちゅうちょ》したが、結局店の中に入ってきた。彼は、カウンター席をすり抜け、奥のテーブル席に陣取った。

布施は、カウンター席を立ち、平然と黒田の向かい側に腰を下ろした。持田は、どうすべきか迷ったが、同席することに決めた。布施のグラスを持って移動し、布施の隣に座った。

「おめえら、どういうつもりだ？」

黒田が、布施と持田を睨み付けた。布施は、まったく動じた様子はなかった。持田は、正直言ってひやひやしていた。

「どうせ、飲むなら、話し相手がいたほうがいいと思ってさ」

布施が言った。

「てめえらと飲む気なんざねえよ」

「まあ、そう言わずに……」

布施は、やってきたビールを黒田のグラスに注《つ》いだ。

数々のスクープをものにした布施が、どうやって黒田から情報を聞き出すのか、お手並み拝見だ、と持田は思った。

しかし、布施は、別に話をする素振りを見せない。世間話すらしない。黒田は、料理を注文して、もくもくと平らげる。布施は、ただビールを注ぐだけだ。

それでいて、ふたりは、別に白けた感じがしない。場が持たないと感じているのは、持田だけのようだ。

ビール二本が空になったところで、布施が言った。

「そろそろ、俺、局に戻らないと……。二回目の会議がある。デスクは時間にうるさくてね……」

持田は、またしても肩すかしを食らったような気分になった。

まあ、考えてみれば、他の記者のいるところで、情報を聞き出すようなことはしないか……。持田は、そう思った。

その時、黒田が言った。

「布施ちゃんよ。おめえ、最近、歌舞伎町、うろついてんだってな……」

「誰に聞いたのさ？」

「誰だっていいさ。俺にだって情報網はあるんだ」

「だろうね」

「知ってんのか？」

「何のこと？」

黒田はじっと布施の顔を睨み付けた。

布施は、まったく表情を変えない。いつもどおりのとらえどころのない顔つきをしている。

先に眼をそらしたのは、黒田のほうだった。

「まあいい……」

黒田は言った。「おまえ、市民の義務を忘れるな」

「何のこと……？」

「何かあったら、警察に知らせるんだ」

「何かって？」

「俺は、一般的な話をしているんだ」

「一般的な注意ね。わかりましたよ。じゃあね……」

布施は、席を立った。持田は、慌ててその後を追った。

勘定を済ませて店を出ると、持田は、布施に尋ねた。

「黒田さんの、あれ、どういうことだよ」

「あれって？」

「僕、聞きのがさなかったぜ。黒田さん、あんたに、知ってんのか、って訊いたんだ」

「カマかけたんだよ。いつものことさ」

「カマかけんのは、記者のほうだ。刑事が、記者にカマかけたりはしない」

「そういうことだってあるよ。俺、会議に遅れるから、じゃあね」

布施は、歩き去った。

持田は、酒場に戻った。黒田は、手酌で日本酒を飲みはじめたところだった。離れた席の同僚と声を交わしたりしている。

「失礼しますよ」

持田は、言って、先ほどまで座っていた席に腰を下ろした。

「何だ？　忘れ物か？」

「まあね。聞き忘れたことがありまして……」

「聞き忘れたこと……？」

「布施は、何か知ってるんですか？」

「何か……？」

「僕、ゆうべ、布施といっしょだったんですよ。歌舞伎町で……」

「それで……？」

「麻雀賭博の現場にいたんです」

「てめえ……。しょっぴくぞ」

「僕は、取材ですよ」

「布施の野郎は、何してた？」

「中国娘侍らして遊んでましたよ」

「中国娘……？」

「ミンミンとかいう名でした」

「ミンミン……？」

「六本木のクラブでバイトしている女の子だと言ってました。ねえ、何かあるんでしょう？」

「布施は、ミンミンとは親しそうだったか？」

「え……？」

「親しそうだったか、と訊いてるんだ」

「はい……」

黒田は突然、伝票を手に立ち上がった。持田は慌てた。

「ちょ、ちょっと、黒田さん……」

黒田は、振り向きもせず、店を出ていった。

持田は、訳がわからなかった。無視されたような不愉快さを感じて、持田は、ふてくされたようにぶつぶつとつぶやいていた。

4

午前零時半にオンエアが終了し、布施は、局を出た。

通用門の暗がりに人影が見えた。顔は見えなかったが、布施はそれが誰かすぐにわかった。

「あれ、黒田さん。どうしたの?」

「てめえ。ターウーの女とねんごろだそうじゃねえか?」

「ターウー?　何それ……」

「流氓の大物だ」

「ミンミンのこと言ってるの?　俺、クラブで知り合っただけだよ」

「このところ、歌舞伎町で遊び歩いているのはどういうわけだ？」

「ミンミンと遊ぶのが刺激的で楽しいのさ。それだけだよ」

「知ってるんだろ？」

「だから、何のことだよ」

「昨日、おまえは、麻雀賭博の現場にいたそうだな？」

「あれ、ばれちゃった？　俺のこと、逮捕する？」

「あの賭博の胴元は、ターウーだ」

「思い出したよ。ターウーって、大小の大に呉越同舟の呉という字を書くんだろう？」

「しらばっくれやがって……。ターウー一味は流氓の新興勢力だ。中国マフィアや台湾マフィアとは違う。日本で言えば愚連隊上がりだ。ゆうべの手入れは、台湾マフィアが警察にチクッたんだ」

「そうだったの？」

「ゆうべのタレコミも、ここのところ続いているターウー一味と台湾マフィアの小競り合いの一環だ。近々、大がかりな出入りがあるという噂がある。おまえ、それをスクープするつもりだろう？」

「そんな気ないって。ホント。俺、ミンミンと遊んでるだけだよ」

「いいか、よく聞け。俺たちは、市民を守らなければならない。台湾マフィアや流氓どもにドンパチやらせるわけにはいかないんだ。騒ぎは事前にくい止めたい」

「そういう噂があるのなら、ターウーを検挙すればいいじゃないか？」

「新宿署は頑張ってるよ。だが、やつら、いつも蜘蛛《くも》の子を散らすようにばらばらに逃げる。日本のヤクザのように組事務所があるわけじゃない。拠点を移動しながら活動しているんだ。尻尾《しっぽ》をなかなかつかめないんだよ。ゲリラはやっかいなんだ」

「何かわかったら知らせるよ」

黒田は、何か言いかけたが、あきらめたように口をつぐんだ。彼は、やや唐突に見える動きで布施に背を向けると歩き去った。


布施は、その日もミンミンと深夜に待ち合わせして、歌舞伎町で遊び回った。深夜の食事をし、カラオケで歌い、酒を飲んだ。

別れ際にミンミンが言った。

「明日は、歌舞伎町に来ないほうがいい」

「そう……」

布施は言った。「じゃあ、別のところに行こうか？　六本木はどう？」

「ごめんなさい。あたし、明日は会えない……」

ミンミンは意味ありげに言った。

「明後日は？」

「わからない」

「わかった。また連絡するよ」

布施はまったくこだわった様子を見せなかった。ミンミンと別れると、布施は、携帯電話を取り出した。

朝の六時だった。相手は寝ているようで、なかなか電話に出なかった。ようやく電話に出た相手は機嫌が悪そうだった。

「はい、黒田」

「俺だよ」

「布施か。何だこんな時間に」

「今日の夜。歌舞伎町で、何かありそうだよ」

「本当か？」

布施は、そのまま電話を切った。ふと、彼は、ミンミンが歩き去ったほうを見た。その姿は妙に淋《さび》しそうに見えた。

持田は、社に出ると、ここ一週間の新宿歌舞伎町に関する記事をコンピュータで調べていた。台湾マフィアと不良中国人が、小競り合いを繰り返していることがわかった。

歌舞伎町の潜入取材をするからには、当然押さえておかなければならない事実だった。彼は、歌舞伎町でのコネクションを見つけるのに夢中で、基本的な事前の調査がおろそかだったことに気づいた。

あるいは、資料を集めすぎたのかもしれない。雑多な記事のコピーが彼の机にうずたかく積まれている。

歌舞伎町で活動しているのは、中国人だけではない。タイ人やイラン人、ベトナムその他の東南アジア人に、南米の女性。

そうした記事がすべて集められていた。集めて眼を通すだけで、持田は満足していたようだった。台湾マフィアと流氓の抗争は、持田の頭のなかで雑多な歌舞伎町の出来事と同レベルとなり紛れてしまっていたのだ。

持田は、改めて歌舞伎町に出掛けていくことにした。彼は、カメラを手に社を出た。

深夜。

突然、歌舞伎町の一角で怒号が上がった。街にあふれていた酔漢や通行人は、一瞬たちすくんだ。

次の瞬間、大型バスに待機していた機動隊員たちが、いっせいに出動した。

一帯は、混乱をきわめた。

「全員、検挙！」

警察官が怒鳴っている。

抵抗しているのは、中国系の人々だ。彼らは、銃で武装していた。

台湾マフィアとターウー率いる流氓グループが、抗争の用意をしていたのだ。両グループが衝突する直前、警察がその動きを察知して手を打ったというわけだった。

騒ぎのすぐそばで、布施がハイエイトのビデオカメラを持って立っていた。彼は、一部始終をビデオに収めていた。

そこからそれほど離れていない場所で、持田が、夢中でカメラのシャッターを切っていた。

5

『ニュース・イレブン』は、布施のおかげで、台湾マフィア・不良中国人グループ大量検挙の現場のスクープ映像を流すことができた。

また、東都新聞も、決定的な写真を掲載することができた。

布施と持田が、平河町の『かめ吉』で先日のように飲んでいた。

持田は布施に言った。

「おかげでスクープをものにすることができたよ」

「よかったね……」

「しかし、さすがだよね、布施ちゃん……。よく、事前に出入りの情報をキャッチできたね……」

「偶然さ……」

「元気ないね。ミンミンのことか？　ターウーといっしょに検挙されたんだってな。おそらく強制送還だろう……」

「そうだね」

「あんた、ミンミンに利用されてたんだよ。抗争が起これば、ターウーも死ぬかもしれない。それより、警察に検挙されたほうがいいとミンミンは考えたんだ。中国にふたりで戻れば、またチャンスもあるからな……」

「わかってるさ。でも、俺も、ミンミンを利用したようなもんだからな……」

「ギブ・アンド・テイクだよ。しかし、スクープのコツを教えてもらいたいもんだよ」

「そんなものないよ」

「またまた……。何度もスクープをものにしているじゃない」

「そうね。遊ぶことかね……」

「遊ぶ……？」

「俺、仕事のこと、あまり考えないんだ。あんたもそうらしいけど、俺も遊軍記者ということになってる。遊軍だよ。俺、その言葉、文字通り信じて遊ばせてもらってんだ」

本当かな？　持田は思った。

だが、布施のこれまでの行動を見ていると、まんざら嘘とも思えない。ミンミンも、布施が、本気でいっしょに遊んでいたので、信用したのかもしれない。

つくづく不思議な男だ。

持田は、布施を眺めてそう思った。

なるほど、僕も仕事のやりかたを少し変えてみるか……。

持田は、そんなことを考えていた。

第四章　住専スキャンダル

1

男が三人がかりで若い女を押さえつけていた。

そこはダブルベッドの上で、女は全裸だった。エタニティーの甘い匂いがしている。彼女がつけている香水だった。男たちのひとりが舌を鳴らした。

「しっかり押さえねえか……」

女は必死で抗《あらが》っている。しかし、口をふさがれており、声を上げることもできない。

ひとりの男が、注射器を取り出し、空気を抜くために針の先から液体を少しだけ飛ばした。

まるで、医者がやるように慣れた手つきだった。

女は、恐怖に目を見開く。

若い女は、なんとか男たちから逃れようと身をよじり、足をばたつかせる。

そのために、何も着けていない下半身が露《あら》わになった。

男は、注射器の針を白い女の腕に滑り込ませた。肘《ひじ》の内側だ。

ゆっくり液体を注入していく。

女は、恐怖と絶望にのけぞった。

注射し終わると、三人の男たちは女から離れた。

女は、ぐったりしていたが、やがて、苦しげにうめきはじめた。

「助けて……。苦しい……。熱い……」

三人の男たちは、その様子を無言で見下ろしている。

「もったいねえな……」

ひとりが言った。

その男は、苦悶《くもん》する全裸の女を見下ろして股間に手を持っていった。

別の男がその様子を見て鼻で笑った。

「やってもいいが、精液なんぞ残したら警察がうるせえぞ」

「ま、遠慮しとくよ。仕事だからな……」

女は、白い体を赤く染め、ベッドの上で苦しみもがいた。

やがて、彼女は、全身からおびただしい汗をかいて死んだ。

その様子を部屋のすみで見つめている中年男がいた。その男も裸だった。明らかに女と一戦終えた後だった。

彼の分身はすっかり萎《な》えてしまっている。目の前の出来事が信じられないように茫然《ぼうぜん》としていた。

男たちは、女の死を確認すると、死体をシーツにくるんだ。

ひとりがそれを肩に担ぎ上げる。大豆の詰まった麻袋を担ぐように気軽な感じだった。別の男が、裸の中年に言った。

「すべて終わりました。ご安心を……」

裸の中年男は、声も出せないようだった。震えている。

「どうしました？　あなたも、ぐずぐずしていてはいけない。さあ、ここから出るんですよ」

中年男は、そのとき初めて立場を思い出したようだった。弾《はじ》かれたように行動を開始する。

慌てて衣服をかき集め、それを身に着けはじめた。手が震えており、慌てているので、身支度に手間取った。

男は、かすかに嘲笑《ちょうしょう》を浮かべてその様子を見ていた。

「身から出た錆《さび》ってやつですよ。女に夜の会話をこっそり録音されるなんて……。今後は注意してください」

男はそう言うと、一足先に部屋を出た。中年男は慌ててその後を追った。

男は、シーツにくるんだ女の死体を担いだ仲間に言った。

「あとは手筈《てはず》どおりだ」

「わかってます。渋谷のラブホテルに放り込んで、若い者に一一九番させるんですね」

「まったく、面倒なこったよな……」

「元アイドル歌手の栗原弘美《くりはらひろみ》が、都内のホテルで遺体で発見されました。死因は、急性心不全ということですが、どうやら、覚醒剤《かくせいざい》を使用しており、それが死因に関係しているのではないか、と言われています」

ワイドショーのレポーターが、画面でわめいていた。

その表情が必要以上に悲愴《ひそう》な感じだった。ベッドに入ったまま、ぼんやりとテレビの画面を眺めていた布施京一はつぶやいた。

「おやまあ……」

彼は、テレビを消してふたたび毛布にくるまり、寝返りを打った。

朝の九時だった。

布施京一は、今目覚めたのではない。一時間ばかりまえに帰宅したばかりで、これから夕方まで眠ろうというのだ。

もぞもぞと身じろぎすると、彼はたちまち寝息を立てはじめた。


「布施はまた遅刻か？」

鳩村昭夫が、わざとらしく時計を見た。

キャスターの鳥飼行雄も、女性キャスターの香山恵理子も、毎度のことで慣れっこになっている。

ふたりのキャスターは、配られたばかりの項目表に目を通していた。

六時十分に布施が姿を現した。

報道局の一角に大きなテーブルがあり、そこが『ニュース・イレブン』の専用となっていた。

「おはようございます」

布施は、ジーパンにスウェットのパーカーという出《い》で立ちだった。

「会議には遅刻するなと何度言ったらわかるんだ？」

「あれ……？　遅刻した？　時計が遅れてたのかな……」

「まったく……。テレビマンのくせに時間にルーズなんだから……」

「俺、タイムキーパーは務まりませんね……」

布施が椅子に腰を下ろす。香山恵理子のちょうど向かい側だった。香山恵理子と鳥飼行雄は並んで座っている。

布施は、香山恵理子をぼんやり見つめている。

「なあに？　あたし、何か変？」

「いや、えくぼがかわいいなと思って」

「あら、ありがとう。布施ちゃん、なんだか、今起きたばかりみたいな顔してるわね……」

「だって、今起きたばかりだもん。目が覚めてすぐすっとんできたんだ」

「また夜遊び……？」

「まあね。帰ったの、朝の八時なんだ」

「相変わらずね」

鳥飼行雄が興味深げに身を乗り出した。

「朝まで何やってたんだ？　美女とお楽しみか？」

「そう」

「あやかりたいね……」

「今度、誘ったげようか？」

「ホント？」

「カラオケだよ……」

「あ、カラオケ……。朝の八時まで……」

「そう」

鳩村昭夫が咳《せき》払いをした。

「項目表！」

彼は大声で言った。布施は平気な顔で項目表を手に取る。

鳥飼行雄と香山恵理子は、笑いを抑えた。布施は、眠たげな眼で項目表を眺めると、それを放り出した。

鳩村デスクは、それを睨《にら》みながら、説明を始めた。

「トップは住専問題。総理に、住専の投資先企業が政治献金していた件の続報だ。そして、目玉は、元アイドル歌手の死亡と覚醒剤疑惑……」

「朝からワイドショーが大騒ぎだったな……」

鳥飼キャスターがつぶやく。「覚醒剤疑惑って、どの程度の信憑性《しんぴょうせい》があるんだ？」

「警察発表では、検死の結果、体内から覚醒剤が検出されたというだけです。だが、各局のワイドショーは、憶測を含めてさまざまな情報をほじくりだしている。うちの局のワイドショーでも、死因が覚醒剤の打ち過ぎだと報じました」

「そのニュースソースは、確かなのかな……？」

「さあ……。われわれは、報道局です。あくまで、事実だけを報道しなければならない。憶測はできるだけ排除するんだ。よけいなコメントはよしてくださいよ」

「わかってるよ」

「でもね……」

布施が言った。「どこからどこまでが事実か、なんてこと、誰にもわかんないよなあ……」

「何が言いたい？」

鳩村デスクが言う。

「いやね、トップの住専問題にしたって、記者はもっといろいろなことを知っているのに、放送することができない。事実は隠されているってわけでね……」

「確証があれば、放送するよ」

「どんなことでも？」

「それは……。個人のプライバシーとかに抵触しなければ……」

「プライバシーね……。覚えておきましょ……」

「何か変ね、布施ちゃん……」

香山恵理子が言った。「どうかしたの？」

「そう見える？」

「なんか、妙にいらいらしているみたい」

「かもね」

「何があったの？」

「別に……。俺、昔、栗原弘美の大ファンだったから……」

「また、そんな冗談を……」

「素材は、項目表のとおり」

鳩村デスクが、声を張り上げて、香山恵理子と布施の会話を中断させた。「トップの住専問題は、Ｖのカンパケ。確定ＣＭ明けに、元アイドル変死事件。これもＶが入る。その後、ライブの中継に入る。警視庁記者クラブと元アイドルの自宅周辺の記者につながる……。それから『プレイバック・トゥデイ』。これは、もちろんＶのカンパケ……」

『プレイバック・トゥデイ』というのは、一日の出来事を三分間にまとめたコーナーだ。カンパケ——つまり、完成パッケージのＶＴＲを流しっぱなしにする。

布施は、説明を聞くふりをして、ぼんやり天井を眺めていた。


「や、どうも……」

布施は、平河町にある『かめ吉』に顔を出した。

「失《う》せろよ」

黒田部長刑事は、ひどく機嫌が悪そうだった。

機嫌が悪いのはいつものことだが、今夜は明らかに腹を立てているようだった。

布施は、平気で黒田の向かい側に腰を下ろした。やってきた店員にビールを注文する。

黒田はものすごい目つきで布施を睨んだ。

「そこに座っていいと誰が言った」

「俺、ひとりで食事するの嫌いなんだ」

「俺はひとりになりたいんだ」

黒田は、席を立とうとした。

「栗原弘美のことかい？」

布施が世間話の口調で言う。

黒田は腰を浮かせたまま、布施をじっと睨み付けていた。

やがて、再び腰を下ろすと、周囲を見回した。

他の客で、黒田と布施の会話を気にしている者はいなかった。

黒田は布施にぐいと顔を寄せて言った。

「そりゃあ、どういう意味だ？」

「言ったとおりの意味さ」

布施はやってきたビールをコップに注《つ》ぐと、半分ほどを一気に飲み干した。「二日酔いでもビールだけは旨《うま》いと感じるのはなぜだろうな？」

「てめえ、栗原弘美のことで何か知ってるのか？」

「知ってるよ。俺、昔、ファンだったから、出身地とか誕生日とかデビュー曲とか、いろいろと……」

「ばかやろう。はぐらかすなよ」

「事件のことなら何も知らない」

「本当か？　なら、なんで栗原弘美の名前を出した？」

「なんとなく……。黒田さん、機嫌悪そうだから、カイシャで何かあったのかと思ってね……。ほら、今日一日、栗原弘美のことで、テレビも大騒ぎだったろう……」

カイシャというのは、一種の符丁だ。刑事には、自分の署や警視庁をカイシャと呼ぶ者が少なくない。

「この野郎……。カマかけやがったな」

「つまり、何かあったってこと？」

「何もねえよ」

「いっしょにホテルに泊まっていた若い男が、救急車呼んだんだって？」

黒田は何も言わない。

腹立たしげにビールをあおった。

「その若い男は、覚醒剤を所持していた……。麻薬及び覚醒剤取締法違反でその男は御用になる……。それで一件落着。あとは、男を締め上げて、覚醒剤の入手経路を吐かせるだけ……」

黒田は、またビールを勢いよく飲んだ。

「……でも、黒田さん、納得していない。死因に不審な点がある。捜査を続行しようとしたら、上のほうから、もうその必要はないと釘《くぎ》を刺された……。そんなところかな」

「てめえのおしゃべりに付き合っている暇はねえ……」

「黒田さんて、正直だな……」

「何だと？」

「顔に図星だって書いてある」

黒田はあらためて、布施の顔を見た。

黒田が何か言おうとしたとき、布施の名を呼ぶ声が聞こえた。

布施と黒田は同時に声のほうを見た。妙に訳知り顔の男が立っている。背広にネクタイという姿だ。

東都新聞社会部の持田豊記者だった。

黒田は顔をしかめた。

「また、面倒なやつが現れた……」

「ふたりで何の話？」

「おい、布施。こいつのお守《も》りはおまえにまかせるぞ」

黒田は席を立った。

布施は、肩をすぼめて見せた。

「あ、ちょっと、黒田さん……」

持田が呼び止めたが、黒田は振り返りもせずに店を出ていった。

2

「とにかく、住専だよ」

持田は、顔を紅潮させてしゃべっている。遊軍記者の持田は、最近関心を持って取材している事柄を話さずにはいられないといった様子だった。彼は、黒田が座っていた席にどっかと腰を下ろし、布施に向かってまくしたてていた。

「どんなことをしたって不良債権の取り立てなんて無理なんだ。バブルの頃に目茶苦茶な融資をしておいて、そのツケを血税に回すなんてな……」

布施は、別に嫌な顔もせずに話を聞いている。だが、相槌《あいづち》を打つわけでもない。

「責任は母体の金融機関がすべて背負いこめばいいと、誰もが思っている。でも、ここで農林系がひっかかってくる。民間の金融機関は、なんとか尻ぬぐいをできる体力があるだろうけど、農林系の金融機関はパンクしちまうだろうというんだ。まったくもって、国の機関というやつは……」

「あのさ」

ようやく布施が口を開いた。「もうじき、二回目の会議が始まるんだ。遅れるとデスクがうるさくてさ……」

「ん……？　ああ、僕はかまわないよ。これから『夜回り』だ。マル暴の刑事《デカ》をつかまえようと思ってね……。まったく、いやになるよ。暴力団が、今回の不良債権処理では大儲《おおもう》けしているようだ。つまりね、『専有屋』というやつなんだけど……。住専が不動産業者に金を野放図に貸し付けて、不良債権となっただろう？　その不良債権の処理のために、不動産を処分しようとするわけだけどね。これには、ふたつの方法がある。えと……」

「競売と任意売却」

「あ、ああ、そう……。抵当権を持っている者が地裁に申し立てて、裁判所なんかが売るのが競売。これは、執行官と鑑定士が入札するんだけど、なかなか落札されなかったり、裁判所の手続きに時間がかかったりする。そこで、所有者が物件を売りさばくことになる。これが、任意売却。この任意売却に暴力団が付け込むわけだ。ある不動産が売却にかけられそうになる。すると、暴力団が、そこを短期で賃貸するわけだ。賃貸すると、抵当を持っている者もなかなか追い出すことができなくなる。これが、『専有屋』の手口だ。これは、民法の六〇二条で守られている短期貸借権だ。抵当権者や債権者がこの不動産を売ろうとすれば、立ち退《の》き料なんかを支払わなければならない。こうして、『専有屋』はかなりの金を手にすることができる。昔からあった手口なんだけどね、住専の不良債権処理で、また大儲けする連中が出そうなんだ。暴力団ってのはただじゃ転ばないよね」

「そうね……」

布施は、立ち上がりかけた。

「単独の組でやっていても儲けが少ないから、『専有屋』を組織する動きもあるようだよ。ほら、そのほうが不良債権の情報なんかが集まりやすいし、大きな仕事ができる。まったくね……。なんて世の中だろうね。そうそう。住専の不良債権の回収にあたるために、専門の会社を作っただろう？　これは、住専の母体の銀行や日銀から金を集めて設立するんだけど、法律家や不動産専門家に加え、大蔵官僚や住専の社員も参加するってんだから、どうかと思うよね、今さら……。なんか、この会社の中に親睦《しんぼく》団体ができたっていうんだ。何が親睦団体だろうね、笑っちゃうよ」

布施は、座りなおして持田を眺めていた。持田は、その眼を見てなんだか落ち着かなくなった。

「あ、いや……。ちょっとおしゃべりが過ぎたかな……。会議だろう？　行っていいよ……」

「俺、立原美香《たちはらみか》とちょっと仲良くなったんだ」

「何だって……？」

「それで、ここんとこ、朝帰りが多くってさ……」

「それが何だよ……」

「立原美香、知ってる？」

「タレントだろう？」

「そう。死んだ栗原弘美と同じプロダクションでね……。仲がよかったんだ」

「栗原弘美と……？　おい、話が見えないよ……」

「オンエアが終わってから、六本木で会うんだけど、来る……？」

「なんで僕が……」

「興味あるかと思ってさ……。住専処理に関わる親睦団体って話、そのコからも聞いたことがあるんだ」

「何だ、それ……」

「午前零時半にオンエアが終わるから、気が向いたらその頃、局に電話くれよ。じゃあな……」

布施は、ぽかんと口をあけて見送る持田を残して店を出た。


「いや、こりゃ……」

持田は、広いカラオケパブの中を見回して興奮した面持ちだった。

六本木の星条旗通りの入口に面したビルにある店で、男性の従業員が客の相手もしてくれる。

夜中の二時過ぎから店内は盛り上がりはじめた。店を引けたクラブのホステスたちが、芸能人やスポーツ選手を伴ってやってくるのだ。

有名人の夜の社交場といった感じだった。アイドル歌手の姿も見える。

布施は、そういう雰囲気の中でもごく自然に振る舞っていた。

「ごめん、待った？」

立原美香がやってきた。持田は、妙に緊張した顔になった。

「いや、今来たところ。こっちは、友達の持田」

「立原美香です。よろしく」

「弘美ちゃんのこと、たいへんだったね……」

「まあね……」

立原美香は、とたんに沈んだ表情になった。

「こんなときだから、約束キャンセルしてくれてよかったのに」

「ううん。ひとりで部屋にいてもさ、よけい落ち込むからね。ぱーっとやろうと思って……」

「そうだね……」

「ね、持田さん。歌って……」

「いや、僕は……」

「いいじゃん。何か歌えよ」

「そうか……。じゃ……」

持田がウタボンをめくりはじめる。

リクエストをして曲がかかると、立原美香ははしゃいで見せた。

「きゃあ、シャ乱Q……」

ひとしきり盛り上がり、気づくとすでに五時が過ぎていた。

持田と立原美香はかなり酒が入っている。布施ひとりが涼しい顔をしていた。

「ねえ、ウチに来て」

立原美香が言った。

「ん……？　部屋にか？」

「そう。ね、行きましょう。三人でくつろぎましょうよ。ひとりになりたくないの」

「悪くないね……」

「なになに……？」

持田が、赤い顔をして眼をとろんとさせている。

立原美香と布施が立ち上がった。布施が持田に言った。

「早くしないと、置いてくよ」

「何だ？　どこ行くの？　待ってよ」

3

「高級デートクラブね……」

夜明け前、布施は、立原美香の部屋でビールをちびちびやっている。

「そ、芸能人がお相手をするわけ」

立原美香の口調は、どこかなげやりだった。

「栗原弘美ちゃん、それに関わっていたわけね」

「お客取ってたわよ」

それまで、酔ってぐったりしていた持田が急にしゃんとして話を聞きはじめた。

「もしかして、君も……」

持田が言った。

布施は、持田を遮った。

「あのね、そういうことは訊《き》かないの」

「あ、いや、すまん……」

布施は、立原美香に言った。

「俺なんか、そのクラブの客にはなれないだろうな……」

「よくわかんないけど、偉い人じゃないとだめみたい」

「その高級デートクラブが、住専の処理をする会社と何か関係あるということだな？」

「え……」

持田が布施の顔を見た。布施は、持田に説明した。

「どうやら、そういうことらしいよ。親睦団体というのは、そのクラブの会員のことかもしれない」

「なんでそんなことがわかるんだよ？」

布施の代わりに立原美香がこたえた。

「弘美ちゃんが言ってたわ。お客さんがそんな話をしていたって……。ジュウセンのシヨリなんて損な仕事だと思っていたら、こんないい思いもできる……。お客はそんなことを言っていたらしい」

「ちょっと待ってよ」

持田が言う。「なに？　住専の処理って、陰でそんなことやってるわけ？　誰がやってるの？　銀行？　大蔵省？」

「頭使ってよ」

布施が言った。「銀行や大蔵省がそんなことして何の得になるの？　あんた、取材したんでしょう？　住専の処理にゃ暴力団の利権が絡んでいるって……」

「あ……。暴力団の接待……」

「ただの接待じゃないね。デートクラブで女とやっているところ、ビデオで撮ってごらんよ。恰好の脅迫材料になる」

「ビデオ……？」

「そうだよ。ヤクザが考えることだ。ビデオ撮っててあたりまえだよ。いいかい、デートクラブのホステスは、みんなタレントだよ。男の顔にモザイクでも掛ければ、裏でばんばん売れる。客に対しては、脅迫の材料になる。一石二鳥じゃない。いや、そのクラブそのものが、住専の処理にあたる連中への接待になっているんだから、一石三鳥か……」

「そうか……」

持田は言った。「不動産なんかを売却するとき、競売にかけられたり、法的な措置で追い出されたりしたら、『専有屋』は手出しができない。その辺に手心を加えてもらうための接待だな……。しかし、『専有屋』の手口としては、大がかり過ぎるな。手間もかかるし……」

「だからさ」

布施が言う。「あんたが言ったんでしょう。『専有屋』を組織して大がかりな儲けを企んでいる動きがあるって……」

「あ……。つまり、どこかの組が中心になって……」

「取材してるんでしょう?」

「非公式な情報だけどね……」

持田は、その必要もないのに、声をひそめた。「坂東《ばんどう》連合系列の毛利谷《もりたに》一家が動いているようだ」

「おそらく、坂東連合系列を挙げての計画だろうな。住専処理は、それくらいにヤクザにとってのビジネスチャンスなんだ」

「そう……」

立原美香が言った。「そのデートクラブをやってるのも、坂東連合なのよ」

「こうしちゃいられないぞ……」

持田は、立ち上がった。

いても立ってもいられないといった様子だ。「僕、社に行くよ」

彼は部屋を飛び出していった。

布施は、持田のことなどまったく気にしていなかった。

彼は、ぽつりと言った。

「しかしな……。弘美ちゃん、死んじゃうなんてな……」

「殺されたのよ……」

「そうだろうけど……。なぜ……」

「大蔵省の役人、脅そうとしたから」

「え……?」

「これ言うとあたしの命も危ないかな、と思って黙っていたんだけど……」

「じゃ、言わなくていいよ」

「布施ちゃん、ジャーナリストだって言ったわよね」

「まあ、一応は……」

「だったら、なんとかできるんじゃないかと思って……」

「いや、あのね……」

「聞いて。そのデートクラブのお客は絶対に名前や職業を言わないことになってたんだって。でも、弘美の客、弘美のことがすごく気に入っちゃってさ。昔、ファンだったとかでね……。愛人にならないかって口説きはじめたらしいの。そのときに、自分から名乗ったんだって」

「おやまあ……。男って、ほんと、愚かだよなあ……」

「大蔵省の役人だって言って名刺も渡したそうよ」

「ふうん。美香ちゃん、その人の名前、知ってるの？」

「覚えてないわよ」

「だろうね……」

「でも、知ってる人、いるわよ」

「へえ、誰？」

「弘美の彼氏だった人。つまんねえやつよ。売れないバンド、いつまでもやっててね。三十過ぎなんだけど、まだツッパリの気分から抜け出せないようなやつ」

「よくあるパターンだな……」

「要するに、ヒモよ」

「でも、相手の名前知ってたところで、証拠がなきゃ、どうしようもないな……」

「証拠……？」

「そのミスター大蔵省が、そういうクラブで弘美ちゃんと会ってたって証拠」

「証拠になるかどうかわからないけど、テープ持ってたはずよ」

「テープ？」

「ピロートークのテープ。ダビングして一本、名刺といっしょに彼氏に預けてあったはずだけど……。そのテープにジュウセンがどうのという会話が入っているらしいの」

「ダビングか……。裁判のときの証拠にはならないかもしれないな……。ま、いいや。どうせ、裁判まで持ち込めないかもしれないからな……」

「どういうこと？」

「警察が二の足を踏むのさ。捜査の手が届かないかもしれない」

「アッタマくるわね、そういうの」

「同感だな」

「あら、布施ちゃんも怒ることあるの？」

「怒ってますよ、しょっちゅう。……で、そのヒモくんにはどこに行ったら会える？」

布施は、渋谷区初台《はつだい》の安アパートにやってきた。ここが、栗原弘美がつきあっていた男の住むアパートだった。

男の名前は、馬場《ばば》正一《しょういち》。仲間にはショウと呼ばせているらしい。

ワイドショーのレポーターや週刊誌の記者もまだ嗅《か》ぎつけていないらしく、アパートの周りには人けはなかった。

「ふあ……。眠たいな……」

布施は、自宅に帰り仮眠をとって午後三時にここへやってきた。

ドアを叩くと、やはり寝起きらしい馬場正一が面倒くさげに顔を出した。髪を金色に染めているが、それがまばらでひどくだらしのない感じがする。

伸びてきた髪の部分が黒い。

「誰、あんた……」

「弘美ちゃんの友達の友達」

「弘美の……？　何の用？」

「テープ、貸してもらえないかと思って」

「テープ？　何の？」

「弘美ちゃんがあんたに預けていたでしょう」

馬場正一の顔色が変わった。

「ちくしょう……」

「あ、勘違いしないで。俺、ヤクザじゃないから……」

「テープなんて知らねえよ」

「今さら、そりゃ通んないよ」

「おまえ、何なんだよ」

「TBNの記者」

「嘘《うそ》だろう」

「信じなくてもいいよ」

「テレビの記者が、テープ手に入れてどうしようってんだ？」

「弘美ちゃんの敵討《かたきう》ち、したくてね」

「敵討ち……？」

「弘美ちゃんは殺されたんだと思う。今のままじゃ、覚醒剤の打ち過ぎで死んだってことになっちまうよ。これじゃ、弘美ちゃんは浮かばれない……」

「おまえにゃ頼まないよ」

「あんたがやるってえの？」

「やったやつはわかってるんだ……」

「大蔵省の……？」

「あんたも知ってたのか……。そう、銀行局の山本《やまもと》だよ」

「どうしようってのさ？」

「ふん……」

馬場正一は、狡猾《こうかつ》そうな笑いを浮かべた。

「山本を脅せって言ったのは俺なんだ。山本のやつが、弘美にハマっちまったらしくてよ。それを利用しない手はねえって思ったのさ」

「そのせいで、弘美ちゃん、死んじゃったんだよ」

「ドジ踏んだのさ。だが、俺は、うまくやるよ」

「山本を恐喝しようっていうの？」

「弘美を殺したんだ。俺、慰謝料取るつもりだよ」

「テープだけじゃな……」

「俺、名刺も持ってるよ。なに……、うまく脅しかけりゃ役人なんて軽いもんさ。スキャンダルを恐れているからな、やつら」

「だといいけどね……」

「だから、テープは渡せねえ。わかったな……」

「そう？　まあ、いいや。でもね、言っとくけど、素人が恐喝なんかに手を出すと、ろくなことにならないよ」

「おまえの知ったことかよ」

「黙ってテープ、俺に渡したほうがいいと思うけどな……」

「冗談じゃない。俺の金づるだ」

「まあ、ヒモだったからな……」

「なんだと！」

「しょうがない。俺、引き揚げることにするよ」

馬場はいきり立っていたが、布施は平気で背を向けてアパートを後にした。

「まあ、いいか……。相手の名前、聞き出したしな……。大蔵省銀行局、山本ね……」

布施は、携帯電話を取り出した。相手は、警視庁の黒田だった。

「あ、黒田さん？　栗原弘美の件ね、いろいろ面白いことがわかったよ」

布施は、大蔵省の山本の名と坂東連合毛利谷一家が絡んでいることを告げた。

「てめえ、警察の捜査能力、ばかにしてるのか？」

「知ってたって言いたいの？」

「知ってて手ェ出せねえことだってあるんだよ」

「じゃあ、山本と栗原弘美のピロートークのテープ、馬場って男が持ってるのも知ってる？」

「何だそりゃ……」

「馬場正一。栗原弘美が付き合っていた男でね。ダビングしたテープ、持ってるらしい。山本の名刺といっしょにね。それで、山本を強請《ゆす》ろうってんだから、素人は怖いよね……」

黒田は沈黙していた。

「もしもし、黒田さん、聞いてるの？」

「おい、布施……。そのネタ、確かなんだろうな？」

「もちろん」

「そいつの住所、教えろ」

布施は素直に教えた。

「おい、おまえに借りを作るのはごめんだ。何が望みだ？」

「借りだなんて……。俺、市民の義務を果たしただけだよ。警察に情報提供するのは市民の義務だ」

「眠たいこと言ってんじゃねえよ。早く言え」

「馬場正一がらみで、動きがあったら教えてよ」

「動き……？」

「馬場正一が山本とかいうオッサンを強請るとなると、いろいろ動きがあるはずだろう？　毛利谷一家がまた馬場正一を始末しようとするかもしれない。警察は、山本とコンタクトも取れるだろう？　なんせ、山本は、被害者なんだから……。その際に事情聴取できるよね……」

「何かあったら、教えてやるよ」

電話が切れた。

「さて、今日は非番だし……。もう一眠りするか……」

布施は、初台の駅に向かってぶらぶらと歩きはじめた。

4

すっかり日が暮れてから目を覚ました布施は、六本木あたりに出掛けようと身支度を始めていた。

ドアをノックする音がして、布施は、間の抜けた声で尋ねた。

「はあい……。どなた……」

「宅配便です」

「あ、ちょっと待ってね……」

布施はドアを開けた。

同時に、三人の男が、勢いよく部屋に入ってきた。

布施は突き飛ばされ、尻餅《しりもち》をついてしまった。

ひとりが後ろ手にドアを閉め、鍵《かぎ》を掛けた。

三人は、一目見てヤクザとわかる連中だった。

ひとりは、黒いスーツに派手なオレンジ色のシャツを着ている。ノーネクタイで、首に太い金のネックレスを覗《のぞ》かせている。

ひとりは、グレイのブルゾンにそろいのズボンだ。サングラスを掛けている。

残るひとりは、若い男で紺色のスーツを着てネクタイを締めている。髪を短く刈《か》って
おり、フットボールの選手か何かのように体格がよかった。

黒いスーツにオレンジ色のシャツの男が兄貴分のようだった。

「えーと……。宅配便？」

布施は言った。

「そう見えるか？」

黒いスーツの男が言った。

「……じゃないよね……。何の用？」

「おまえ、テレビ局の記者だってな？」

「そうですけど……」

布施は尻餅をついて、そのまま胡坐《あぐら》をかいて座っていた。

「嗅ぎ回るのが仕事だってのはわかるが、知り過ぎるとろくなことがないってことが、
わかってねえようだな……」

「……かもしれませんね……」

「とぼけた野郎だ……。余計なことに首を突っ込むな」

「余計なことって……？」

「そういう態度取ってると、こっちもいろいろと手を打たなきゃな……」

「手を打つ……？」

「わかってもらえるように、よく説明しなけりゃならんてことさ。おい」

黒いスーツの男は、後ろのふたりに合図した。ふたりは、土足のまま部屋に上がってきて、両側から布施の腕を取った。

「ちょっと来てもらうよ」

黒いスーツの男が言った。

「どこへ……？」

「落ち着いて話ができる場所さ」

「ここでも話はできると思うけど……」

「あんた、近所の人に悲鳴や泣き声を聞かれるの、嫌だろう」

「なるほど……。そいつは嫌だ。悲鳴や泣き声を上げるような目にあうのも嫌だ」

「そいつを充分に思い知ってもらおうと思ってね……」

黒いスーツの男がドアを開けると、ふたりの男が布施を立たせた。

「ちょっと……。靴、はかせてよ……」

「その必要はねえよ……」

布施は引きずられるように歩いていた。

(参ったな……)

布施は、なんとか逃げだす手はないかと思った。

どこへ連れていかれるかわからないが、半殺しの目にあわされるのは明らかだった。暴力など真っ平だ。

エレベーターがやってきた。

男たちは無言で乗り込む。やがて、エレベーターが一階に着く。マンションの前に、黒塗りのセダンが停《と》まっていた。

窓ガラスに黒いフィルムが貼ってある。

黒いスーツの男が後部座席のドアを開ける。車に乗せられてしまったら、逃げるチャンスはない。

かといって、ここで暴れても逃げられるとは思えない。相手は三人なのだ。

(あーあ……。病院送りか……。やだなあ……。へたすると、殺されるかも……)

「おい、ここは駐車禁止だぞ……」

車の前のほうから声が聞こえた。

黒いスーツの男が言った。

「何だと……?」

「しかも、窓にフィルムが貼ってある。こいつも違法だ」

「どけ。忙しいんだ」

「俺は、こういう車を見ると腹が立つんだ……」

「何だてめえ……」

布施は、車の前に立った黒田を見てほっとしていた。黒田は一度も布施のほうを見なかった。

「通りすがりの、正義の味方だ」

「ふざけやがって……」

黒いスーツの男が黒田に殴りかかった。

黒田は、無抵抗で一発殴られた。

「ようし、暴行傷害。それに、公務執行妨害。全員逮捕する」

「何だと……？」

私服、制服あわせて十名以上の警察官がわっと現れ、たちまち、三人を取り押さえた。そのどさくさに、黒田は、黒いスーツの男をしたたか殴りつけていた。

「おっと、忘れてたぜ」

黒田は、内ポケットから逮捕状を出した。

「てめえ、萩田末男《はぎたすえお》っていうんだってな。殺人容疑の逮捕状が出てるぞ。仲間といっしょに栗原弘美さんを殺したんだってな」

「知らねえよ」

「今からしゃべることは、裁判のときの証拠となることがある。気をつけろよ」

騒ぎの間に布施は、大急ぎで部屋に戻り、ハイエイトのホームビデオを持ってきた。

逮捕の瞬間をなんとか捉《とら》えることができた。

三人のヤクザが連行されていったあと、黒田が布施に言った。

「コロシの実行犯だ。その逮捕の映像が撮れたんだ。文句はあるまい」

「さっき情報を教えたばかりなのに……」

「警察をなめるなよ。馬場とかいう男が強請りやるまで、指くわえて待ってると思うのか？」

「馬場の家にガサ入れたね」

「毛利谷一家にもな……」

「俺にないしょで……」

「しゃあねえだろう。いいじゃねえか。映像撮れたんだから……」

「山本ってオッサンが残ってるよ」

「その山本が、あのヤクザの名前教えてくれたんだよ」

「山本はおとがめなしかい」

「俺は、殺人の捜査をしてたんだ」

「山本だって共犯じゃないの？」

「もうあいつは終わりだ。それで我慢しろよ」

「終わり……？」

「このスキャンダルのせいで、懲戒免職になるだろう。大蔵省も住専問題じゃ神経質になってるからな……。見逃すはずはねえ」

「芸能人が相手をする高級デートクラブのほうは？」

「捜査四課と生活安全部が引き続き捜査してるよ。俺の役目はここまでだ」

「懲戒免職ね……。そんなもんか……。なんだか腹が立つなあ……」

「なんで、おまえ裸足なんだ？」

「靴はく暇がなかったんだよ」

5

大蔵省銀行局の山本伸一《しんいち》が交通事故で死亡したというニュースが入ったのは、それから三日ほどあとだった。

「あ、いたいた……。布施ちゃん……」

平河町の『かめ吉』で、布施に声を掛けたのは持田だった。

「いやあ、栗原弘美殺しの実行犯逮捕のスクープ。見事だったたな……」

「いや、どうも……」

「なんだい。顔が暗いね……」

「ヤクザって怖いなと思ってね……」

持田は声をひそめた。

「それって、もしかして、大蔵省の役人が交通事故で死んだってやつかい？　あれ、やっぱり、何か関係してるんだ……」

「え……？」

布施は言った。「いや、俺、ヤクザに脅かされたんだ。それを思い出すと怖くてね……」

「なんだ、だらしがない。僕たちジャーナリストはヤクザなんて怖がっていられないんだよ」

「俺、気が弱いんだよ……」

「僕は、今回のこと記事にするよ。ようやくまとまりかけているんだ。君だけにスクープ、やられちゃいられない」

「がんばってね……」

そこに黒田が入ってきた。

黒田は、布施と持田を見ると、そのまま店を出ていこうとした。布施は何も言わなかった。

ふと黒田は布施が気になったように振り返った。そのまま戸惑っていたが、やがて、布施のところへやってきた。

「おい、後味悪いだろう」

「何のこと？」

「山本が死んだ件な……。俺、追っかけるぜ。ヤクザどもの好きにはさせねえ」

布施は、黒田を見て、屈託ない笑顔を見せた。黒田は照れたように顔を背け、そのまま店を出ていった。

「何の話だよ」

持田が面白くなさそうに尋ねた。

「こっちの話さ」

「でも、驚いたよな……。布施ちゃん、栗原弘美が殺されるのを予想していたの？」

「なんで？」

「だって、立原美香と仲良くなっただろう？　そこから情報を得たわけだ。偶然とは思えないよ」

「俺、何も知らなかったよ。六本木で楽しく遊んでいただけだよ」

「またまた……」

「何が偶然で何が必然かなんて、俺たちの商売じゃいつの間にかわからなくなる。そうじゃない？」

「わかんないなあ……。僕、布施ちゃんのそういうところ……」

「そう？」

布施はビールを飲み干した。「俺だってわかんないよ」

第五章　役員狙撃

1

「お隣さんの例もある。上のほうから綱紀粛正のお達しがあった」

今日最初の会議でデスクの鳩村昭夫が言った。お隣さんというのは、赤坂にある放送局のことだ。

「まあ、上層部としては当然の要求だな」

『ニュース・イレブン』のメインキャスター、鳥飼行雄が言った。

鳩村デスクが、赤坂の局のことをお隣さんと呼んだのは、TBNが乃木坂にあるからだ。

お隣さんの例というのは、オウム真理教の幹部に坂本弁護士の取材テープを見せたという問題だった。

「だが、問題にされているのは、ワイドショー関連だろう？　われわれ報道局は気にすることと、ないんじゃないのかね……」

鳥飼行雄は、渋い表情で言った。

冷静な語り口が評判のキャスターだ。

「そうよ」

女性キャスターの香山恵理子が言った。「報道の役割は時代や世相によって変わるようなものじゃないわ」

ショートカットだが、それが不思議と知的な雰囲気を際立たせている。ちょっとばかり冷たそうな印象があるが、笑うとえくぼが魅力的だった。

彼らは、今、報道局内にある大きなテーブルを囲んで座っていた。このテーブルが『ニュース・イレブン』のスタッフ席であり、会議用テーブルでもあった。

鳩村デスクが言った。

「いや、わが報道局にも問題はある」

彼は、布施を見据えた。

布施京一は、それに気づいてぼんやりと鳩村デスクを見返した。ジーパンにTシャツ姿。髪に櫛《くし》を通した跡はない。

鳩村デスクは言った。

「取材方法も見直さなければならない。やらせや、行き過ぎ、憶測による報道……。そういったものを完全に排除するんだ」

「俺、そんなこと、やってないですよ」

布施が言った。

「いつかはやるに違いない」

「信用ないんだなあ……」

「あたりまえだ。会議にはいつも遅刻してくる。やってきたときは、いつも二日酔いか寝不足だ。どんよりとした眼をして、項目表もまともに見ようとしない」

「そんなことないですよ」

「いつも、六本木や新宿で朝まで遊んでいるそうじゃないか」

「まあ、たまには……」

「たまに……？　毎日だろう」

「そうかな……」

「取材というのは普段の積み重ねが大切なんだ。地道な活動が、大きな成果を生むんだよ」

「いいじゃないの」

香山恵理子が言った。「成果という点では、布施ちゃんは問題ないわ。何せ、わが

『ニュース・イレブン』で、スクープ・ナンバーワンなんですからね」

鳩村デスクは苦い顔でかぶりを振った。

「こいつは、要領がよくて、運に恵まれているだけだ。それで、たまたまこれまでスクープをものにしてきただけのことだ」

「それで充分じゃない？」

「報道というのはそういうものじゃない。今に大きな問題を起こす。私は、それを心配しているんだ。いいか。真の報道というのは、抜いた抜かれたのスクープ合戦じゃない。スクープももちろん大切だが、それ以上に大切なものがあるんだ」

「言いたいことはわかるがね……」

鳥飼行雄が言った。「そのために我々キャスターもいれば、あんたのようなデスクもいる。布施ちゃんには、布施ちゃんの仕事のやり方がある。それでいいんじゃないのか」

「どうしてあんたたちは、いつも布施の味方をするんです」

「私らだって、スクープを発表するときは気分がいい」

「とにかく、上からの綱紀粛正のお達しを聞いたときに、私は、布施のことだと理解した」

「いや、別にいいんだけど……」

布施が言った。「俺、別にたいしたことやってるつもりはないから……。でも、どうすりゃいいのかな？」

「しばらく、行動を自粛しろ。私のそばにいるんだ」

「それじゃ取材ができませんよ」

「出掛けるときは、私に行き先と目的をはっきり告げるんだ。私が必要だと判断したら行かせる。いいな」

「まあ、そうしろと言うのなら……」

「じゃあ、項目表の確認をする……。まず、最初は、カシマ電器役員狙撃事件の続報。事件再現のVが入る。そのあと、警視庁の記者クラブから中継……」

鳩村デスクは、会議を進めた。

布施は、何も言わず、関心なさげに項目表を眺めていた。

2

黒田は捜査本部を出て、『かめ吉』に向かった。午後九時を回っている。寝不足のせいで体が重かったが、どうしても一杯やりたかった。

現在、捜査一課には、『カシマ電器役員狙撃事件』の合同捜査本部ができている。黒田部長刑事は、その捜査本部に参加していた。

鑑取り捜査の班に回され、一日中聞き込みを続けた。ようやく仕事を終えたところだった。

黒田は、カウンターの隅に陣取り、ビールの最初の一杯を空けた。一日の仕事を終えたあとの最初のビール。これは、彼にとって神聖ともいえる瞬間だった。

ベテランの記者たちは、そのことをよく心得ているので、その儀式にも似た一瞬が終わるまで、話しかけようとはしない。

黒田は、器からあふれるほどの魚のアラ煮やニラ玉を小気味いい勢いで平らげていった。あっという間にビールが一本空いた。

二本目のビールを注文したとき、黒田は、うんざりした気分になった。丸顔の男が近づいてきた。

紺色の背広を着ている。三十歳をとうに過ぎているはずだが、童顔で年齢不詳に見える。

東都新聞社会部の持田豊記者だった。

「どうも……」

持田は、自分のコップを持ち、黒田の隣に腰を下ろそうとした。

「あっちへ行け」

黒田は、不機嫌そうに言った。

「僕もひとりなんですよ」

「俺の知ったことか」

「お互い、ひとりで飲むより、話し相手がいたほうがいいでしょう」

「てめえと飲むくらいなら、犬と飲んでいるほうがましだ」

「ひどいなあ……」

「犬は、あれこれ聞き出そうとしないからな……」

「例のあれ……。もう、目星がついているんでしょう？」

「何の話だ？」

「とぼけないでくださいよ」

持田は笑いを浮かべた。丸い、妙に青白い顔が、にっとほころんだ。

本人は、凄味《すごみ》のある笑いを浮かべたつもりなのかもしれないと思い、黒田は、またしてもうんざりした気分になった。

実際には、小学生が精一杯大人びた振る舞いをしているような印象しかなかった。

黒田は、苦い顔でビールを飲んだ。持田が空になったコップにすぐさまビールを注《つ》いだ。そのやり方にもどこかわざとらしさが感じられた。

「あれですよ。カシマ電器……」

「ノーコメントだよ」

「関西系の暴力団だって話、ちょっと小耳に挟んだんですけど……」

持田は、声を落として囁《ささや》くように言った。他の記者が聞き耳を立てているかもしれない。

「俺は知らねえ」

黒田は、店の中をさりげなく見渡した。

「総会屋がらみなんでしょう？　大手百貨店が、総会屋に大金を渡したことが、最近また問題になっていましたよね。大企業は、いまだに総会屋に金を渡している。それが、暴力団の資金源になっている。だが、カシマ電器はそれを断った。株主総会から暴力団関係者を締め出そうとしていたそうじゃないですか。それを怨《うら》みに思った暴力団が、役員を狙撃したということじゃないですか？　他の企業への見せしめにもなる」

「知らねえな。明日の朝十一時に、課長が会見やるから、それを聞きゃいいだろう」

警視庁では、午前十一時に、定例の記者会見をやる。警視庁にある各記者クラブでは、その発表を記事にするわけだが、もちろん、記者発表だけでは記事にはならない。それ以外の取材が記者の腕の見せ所だ。こうした『夜回り』も記者の取材技術のひとつなのだ。

「役員は一命を取り留めたものの、腰椎《ようつい》と骨盤を砕かれて重傷なんでしょう？　社会的な影響、大きいですよね」

黒田は、持田を睨《にら》み付けた。ヤクザ者を震え上がらせる目つきだ。

持田は、思わず腰が引けた。

「俺は何も知らないと言ってるんだ。失《う》せろよ」

「TBNの布施ちゃんとはいつもいっしょに飲んでるくせに……」

「やつが勝手に寄ってくるだけだ」

黒田は、何か物足りなさを感じていたのだが、その理由にようやく気づいた。

布施がいないのだ。いつもなら、真っ先に寄ってくる布施の姿がない。

時計を見ると、九時半を回っている。『ニュース・イレブン』の最終会議が九時だから、ぼちぼち現れるかもしれないと、黒田は思った。

記者の中にも気の合うやつと合わないやつがいる。黒田は、そう思った。

どんなに脅かしても、布施は顔色ひとつ変えない。何を考えているのかわからないが、とにかく、神経に障《さわ》ることがない。不思議な男だった。

記者たちの『夜回り』は、刑事にとっては頭痛の種だが、布施だけには、悪い印象を持っていなかった。

（あいつには、押しつけがましさがない。やる気がまったくなさそうだが、どこからかいいネタを仕入れてくる……）

黒田は常々そう感じていた。布施は、黒田にとっても恰好の情報提供者なのだ。

（それに比べて、この持田というブンヤは、ただうっとうしいだけだ……）

黒田は、いつの間にか、布施が現れるのを待っている自分に気づいた。それは、ちょっとした驚きだった。

会えばまた邪険にしなければならない。ふたりはそういう関係なのだ。布施のしゃべる内容は、持田とそれほど変わらない。

黒田から何かを聞き出そうとする。それが仕事なのだ。だが、なぜか、持田の相手をするのとは違って、それほどの苛立《いらだ》ちを感じなかった。

「おい……」

黒田は、持田に尋ねてみた。「布施のやつは、まだ現れないのか？」

「布施ちゃんですか？　今日はまだ来てませんね」

「あんた、いつからいる？」

「そうですね……。八時くらいかな……」

「その間、布施は一度も顔を出さなかったのか？」

「ええ」

「珍しいな……。あいつ、たいていは、会議と会議の間をぬって、ここで飯を食うのに
……」

「当分来ないかもしれないな……」

　持田がさり気なく言った。

　黒田は、持田をまた鋭い目で睨んだ。

「なぜだ……」

「そんな怖い顔しないでくださいよ」

「怖い顔は刑事の看板だよ。なんで、布施が来ないんだ？」

「ほら……。テレビは今たいへんじゃないですか……。オウム報道でいろいろあって……。ＴＢＮも、かなり引き締めにかかっているようなんですよ」

「別にＴＢＮが問題を起こしたわけじゃねえだろう」

「郵政省に対するポーズなんじゃないですか？　いまだに放送局は認可制ですからね……。郵政省には逆らえないんですよ」

「それが、布施と何の関係がある？」

「あの人、模範的な社員とは言いがたいですからね……」

「だが、これまでかなりのスクープをものにしているんだろうが」

「だから、あの人の評価、はっきりと分かれるんですよ。上司にとってみれば扱いにくいんじゃないですか？　何考えているかよくわかりませんからね。僕も布施ちゃんのことはどう判断していいかわからないんですよ」

（てめえなんぞが判断しなくたっていいさ……）

黒田は、そう思ったが口には出さなかった。

「それで、布施は、何してるんだ？」

「僕に訊《き》いたってわかりませんよ。局にいるんじゃないですか？」

「てめえらブンヤってのは、不思議なやつらだな……。抜いた抜かれたに命を張っているのかと思いきや、管理職におとなしくしていろと言われたら、それだけで尻尾《しっぽ》巻いちまうのか」

「記者も雇われ者ですよ」

「てめえは、そんなこと言ってるからいつまでたっても半人前なんだよ」

持田は露骨にむっとした表情を見せた。

「黒田さんに、そんなことを言われる筋合いはないです」

「だから、おめえは半人前だって言うんだ……」

黒田はつぶやき、立ち上がった。

「あ、黒田さん。どこ行くんですか？」

「帰るんだよ。明日もまた早いんでな」

黒田は、暖簾《のれん》をくぐって店を出た。

地下鉄半蔵門駅に向かう途中、ふと公衆電話が目に入った。

歩調を緩めたが、けっきょくその前を通りすぎてしまった。だが、彼は、立ち止まるとしばし考え込み、やがて、公衆電話のところへ戻ってきた。

黒田は、手帳を取り出し、ＴＢＮ報道局の電話番号を確認した。

番号をプッシュすると彼は言った。

「布施さんを頼みたいんだが……」

布施は、『ニュース・イレブン』のテーブルに向かってぼんやりと腰掛けていた。となりに鳩村デスクがいる。デスクは、オンエアを前に、さまざまな確認作業に追われている。

デスクの前を何枚ものタイトル表が通りすぎていく。バイトが、そのタイトル表やビデオをしかるべき部署に届けるために駆け回っている。

オンエア前の慌ただしさの中で、布施だけがのほほんとしているように見える。

布施は、最終の項目表を眺め、また、モニターを眺め、局内を歩き回る人々を眺めている。何もしていないが、退屈した様子もなければ、手持ち無沙汰《ぶさた》でもなさそうだ。

香山恵理子が着替えを済ませて、やってきた。

「布施ちゃん、どうかしら、今日の服装は……」

「いいんじゃない？」

布施は、特別に表情を変えることなく言った。「白い半袖のブラウスが、涼しげで清潔感がある。黒のタイトミニが知的でいいね。ブラウスの黒い縁取りもいいアクセントだよ」

「地味かしら？」

「なんのなんの……。香山さんが着れば、どんな服も地味なんてことはないですよ」

鳩村デスクがうめくように言った。

「こいつは、臆面《おくめん》もなく……」

「あら、日本の男性は、女性を褒《ほ》めなさすぎるのよ」

「服装の打合せより、ニュースの内容を打ち合わせたらどうだ？」

「ご心配なく」

香山恵理子は言った。「そちらのほうはぬかりないわ。テレビなんですからね。画面のアピールも大切な要素だわ」

「同感だね」

布施が言った。

「うるさい」

鳩村デスクが布施に嚙《か》みついた。「おまえは黙ってろ」

香山恵理子がくすくすと笑いながら、階下のスタジオに降りて行った。

そのとき、テーブルの上の電話が鳴った。鳩村デスクがさっと手を伸ばした。

「はい、『ニュース・イレブン』」

鳩村の表情がいっそう険しくなった。「なに……。ウチコミ……。関西四面塾……。総会屋だな？　大阪府警がウチコミかけるんだな？　カシマ電器の件で……。間違いないな？　わかった。詳報をファックスで流してくれ」

鳩村は電話を切った。

「おい、関西四面塾の記録だ！　急げ！　カシマ電器の件の映像、用意しておけ！　犯行現場の映像でいい。カシマ電器本社の資料映像も用意しろ！」

鳩村は、項目表を睨んだ。「トップ、差し替えるぞ……」

「どうしたの？」

布施が尋ねた。

「カシマ電器役員狙撃の件だ。大阪府警が関西四面塾の事務所に家宅捜索をかけるという情報が入った」

「へえ……」

鳩村は、時計を見た。

「オンエアまで、あと一時間ある。かき集められるだけの資料をかき集めるんだ。関西四面塾という団体について調べろ！」

次々と指令が飛び、スタッフが駆け回った。だが、布施は、腰掛けたままだった。

「関西四面塾ね……」

布施がそうつぶやいたとき、また電話が鳴った。鳩村がひったくるように受話器を取る。その受話器を布施に突き出した。

「俺に？」

「そうだ」

布施は電話に出た。

「はい、布施ですけど……」

「おめえ、首に鎖つながれたんだってな……」

「ああ、黒田さんか……。珍しいじゃないですか。電話くれるなんて……」

「あの持田って野郎がうるさくてかなわねえ。どうにかしろよ」

「そんなこと、俺に言われても……。あいつも仕事でやってることだしね。それより、黒田さん、俺なんかに電話しててていいの？」

「どういうことだ？」

「たいへんなんじゃないの？　あ、そうか……。大阪府警に任せてあるんだ」

「何を言ってるんだ？」

「カシマ電器の件で、関西四面塾に家宅捜索かけるんでしょう？」

「ばかなこと言ってんじゃねえよ。誰がそんなこと言った？」

布施は、眠たげな眼で周囲を見回した。鳩村が、張り切って指令を出しつづけている。

声を落として布施は言った。

「記者から電話が入ってさ……。関西四面塾に大阪府警がウチコミかけるって……。記者は確実な情報だと言ってたけど……」

「どこに、ウチコミの予定を洩《も》らす刑事がいるってんだ。ガセだよ、そんなもん」

「黒田さん、本当に知らないの？」

「知らねえよ」

「ま、そうだろうな……。今回の狙撃、総会屋は関係ないもんな……」

電話の向こうで黒田が一瞬絶句した。

黒田の用心深い声が聞こえてきた。

「総会屋が関係ない……。てめえ、何でそう思う？」

「たぶん、黒田さんが考えてるのと同じことだよ」

「やっぱりてめえは、油断ならねえ……。電話してみてよかったよ……。だが、そのネタは、絶対に洩れていないはずだ。どこから仕入れた？」

「いつも言ってるでしょう。ニュースソースは秘密です」

「どこまでつかんでる？」

「何を……？」

「くそっ。食えねえやつだ。いいか。確実なネタをつかんだら必ず俺に知らせろ。俺の知らないことをTBNがすっぱ抜きやがったら、どんな罪状くっつけてでもてめえをぶちこんでやるからな」

「……てことは、警察も確証をつかんでいないということ……？」

いきなり電話が切れた。

黒田は、しゃべりすぎたと感じたに違いない。布施は、受話器を置くと鳩村デスクに言った。

「ねえ、関西四面塾の件、流さないほうがいいよ」

「何だ？」

「ガセくさいよ」

「ずっと俺のそばにいたおまえに何がわかる？」

「どこにいたって、自然に情報が流れてくることはありますよ」

「いいから、黙ってろ」

「やめたほうがいいって……」

「いいか、この時間に、うちの記者が嗅《か》ぎつけたということは、他社の記者も知っている可能性がある。うちだけ出遅れてみろ、局長から大目玉を食らうぞ」

「いいじゃないですか。叱られるくらい」

「おまえは慣れているだろうがな……」

「このネタ、確認取ってないでしょう？」

「一刻を争うネタなんだ」

「俺にいい加減な取材をするなと言っておいて、自分は、未確認のネタに食いつくわけだ」

「もし、報道しないのがうちだけだったりしたら、たいへんなことだ。それくらいのことはわかっているだろう」

「抜いた抜かれたより大切なことがあると言ったのは、誰でしたっけ……」

鳩村デスクは、手に持ったタイトル表をバイトに差し出した恰好のまま動きを止めた。初めてそこに布施がいることに気づいたかのように、じっと見つめる。

「おまえ、何かつかんでいるのか？」

「俺、未確認のことは言いたくありませんよ」

鳩村はタイトル表を放り出し、布施にぐいと顔を寄せた。

「何だ？　何を知っている？」

布施は面倒くさげに言った。

「俺、最近、六本木の『エルザ』っていうクラブのホステスと仲良くなってさ……」

「おまえのクラブ遊びの話なんてどうでもいい」

「この子、若いのにやり手でね……。毎日、アフター行くわけ……。友達、多いんだ。ある大手広告代理店の社員がこの子に惚《ほ》れちゃってね……。借金してまで、店に通ってるんだって」

鳩村デスクは、苛立ちをつのらせた。

「要点を言え」

「だから、要点なんてないってば。俺、事実しか言わないからね」

「わかった。続けろ」

「その代理店、通信衛星を使った放送局開設に一枚嚙んでいたんだ。その社員、そっちの担当でね……。で、その放送局の出資母体のひとつがカシマ電器で……」

鳩村は、ようやく関心を示しはじめた。

「それで……」

「重傷を負った役員は、たしかに総会屋を担当していたけれど、本来それが本業じゃなかった。主な仕事は、法務関係。通信衛星を使った放送局の認可に関わる仕事もしていたらしいんだけど……」

「認可……。郵政省と交渉していたということか？」

「そう。そして、新会社に郵政省の天下りのポストを用意したり、役人に付け届けもしただろうね……」

「待てよ……」

鳩村は記憶をまさぐっているらしく、眉根《まゆね》に皺《しわ》を刻んだ。「通信衛星を使った放送局の認可はあらかた出そろっている。その中にカシマ電器が出資した会社などなかったはずだ……。これまでの取材で、カシマがそういう事業に手を出しているという話も聞いたことがない」

「だから、結局、認可が下りずにその事業は立ち消えになったわけだよ。カシマは莫大《ばくだい》な損害を出して、その責任を撃たれた役員に押しつけたらしいんだ。あ、ここんとこ、未確認情報だからね……。この話はね、被害者の息子に遊ばれたという女子大生から聞いたの。本当かどうかはわからないよ」

「女子大生？」

「そう。その子もクラブでバイトしてるんですよ」

「その『エルザ』とかいうクラブか？」

「まさか……。そんなに世の中狭くはないですよ。『オーレ』っていう安めの店……」

「何だか、怪しげな話になってきたじゃないか……。それから……？」

「俺の知っているのはここまで。あ、これ、別ルートの話だけど……」

「何だ？」

「新宿のチンピラに聞いたんだけどね……。元郵政官僚で、えらく羽振りのいいオッサンがいたんだって。こいつ、ポン引きでね……。このオッサン、愛人を世話してくれとその筋に頼んだらしい」

「その筋？……」

「この元郵政官僚には、ある保守党議員がバックについていて、この議員は暴力団との付き合いがある。選挙の際の票の取りまとめなんかやらせるための付き合いだな。坂東連合の高山田《たかやまだ》一家と懇意だったようだよ。でね、そのオッサン、カシマ電器から億に近い金をもらったと洩らしていたらしいね」

「つまり、どういうことだ？」

「知らない。これ以上は憶測になるからね……」

「憶測でもいい」

「いやですよ。俺の報道姿勢に関わる問題ですからね」

「おまえの報道姿勢だと？　笑わせるな」

「傷つくな……」

「だいたい想像がつく。巨額の金をついやしたにもかかわらず、放送局の認可を取るのに失敗した。担当をしていたカシマの役員は、責任を取らされる。その役員は、当然、金をつぎ込んだ元郵政官僚に詰め寄る。その後の後始末の相談をしたかもしれない。その話し合いがうまくいかず、役員は尻をまくる。しかるべきところに訴えると言いだすかもしれない……。そうなると、元郵政官僚は、その何とかいう暴力団に泣きつくことになるかもしれない……。そして、ヒットマンが役員を撃つ……」

「そう。すべて、『かもしれない』の話なんですよ。でも、総会屋の見せしめなんて話より、実感湧《わ》くでしょう」

鳩村は、立ち尽くし、そのまま、力なく腰を下ろした。

スタッフやバイトが、すでに出された指令に従って忙しく立ち働いている。

「あれ、いいんですか？」

布施にそう言われ、鳩村デスクはようやく気づいた。

「もういい。ストップだ。差し替えなし。トップは項目表どおりでいく」

鳩村は、どこか打ちひしがれているように見えた。

布施は、立ち上がった。

「……そういうわけで、俺、出掛けていいかな？」

「待て……。今の話の確認を取るんだ」

「この先の確認を取るのは、俺たちの仕事じゃないよ」

「俺たちの仕事じゃないだって？」

「そう。警察の仕事でしょう」

「いいから、このネタ、何とかものにしろ……」

「俺のやり方でやっていいんですか？」

鳩村は、大きく溜《た》め息をついた。

「好きにしろ……」

布施は報道局を出て行った。オンエアの三十分前だった。

鳩村は、布施がいなくなると、そっとつぶやいた。

「私は、今日一日すらもあいつの首に縄をかけていることができなかった……」


その日の午後十一時に、実際に関西四面塾に大阪府警の手入れがあった。TBNを除く各テレビ局は、カシマ電器役員狙撃事件との関連でこれを報道した。

しかし、この家宅捜索は、商法違反及び恐喝容疑で行われたもので、カシマ電器事件とは何ら関係がなかった。大阪の百貨店が総会屋対策で現金を渡したという疑いがあり、その捜査のための家宅捜索だった。

報道機関の過剰反応が生んだ誤報だった。警察庁並びに大阪府警は、翌朝すぐにこの件についての記者会見を開き、報道機関を厳しくかなりあからさまに批判した。

各放送局は、誤報に対する謝罪をしなければならず、面目をつぶす結果となった。

ただ一社、TBNだけが、この屈辱をまぬがれたのだった。

3

その翌日の深夜、布施は、歌舞伎町をぶらついていた。別に目的があって歩いているようには見えない。

路地裏から路地裏へ、酔いを醒《さ》ますような調子で歩いている。かなり、物騒なあたりもまったく気にした様子はない。

建物の裏口から、外国人らしい男たちが胡散臭《うさんくさ》げな視線を投げかける。

布施は、平気でその前を通りすぎて行く。ふと、細い路地から布施を呼ぶ声が聞こえた。身なりのくだけた若者が布施を呼んでいる。

「よ、ゼンちゃん。元気？」

布施は、そのチンピラに気軽に声を掛けた。ゼンちゃんと呼ばれた若者は、顔をくしゃくしゃにして笑顔を見せた。

「何……？　女探してるの？　いい子いるよ」

「俺をカモにしようっての？」

「布施ちゃんは特別だよ。安くしとくよ」

「どんな子さ？」

「女子高生」

「ホントかよ……」

「マジ、マジ……」

「まあいい。今日はやめとくよ。これで、一杯やんなよ」

布施は、五千円札を取り出してゼンちゃんに渡した。

ゼンちゃんは、札をさっとポケットに収めると、また、にやっと笑った。

「悪いね……」

布施は、片手を挙げてその場を去ろうとした。

「あ、布施ちゃん……」

ゼンちゃんが呼び止めた。

「なあに……？」

「こういうこと言うと、俺、けっこうやばいんだけど……」

「何だい？」

「ほら……。高山田一家のこと、聞きたがってたじゃない。俺、別に高山田一家にゲソ付けてるわけじゃないけど、けっこう関わりあるからさ……。ホント、やばいんだけど……」

「わかったよ」

布施は、さらに一万円を取り出した。ゼンちゃんは、またしてもその札をさっとひったくるとポケットに収めた。

「布施ちゃんの言うとおりだよ。高山田一家の誰かが、最近、ヒットマンをやったって話、聞いたことがあるよ。そいつ、仕事の前に、ひどく緊張してソープの女にぽつりと洩らしたんだって……。明日は人ひとりをバラさなきゃならねえって……」

「口が軽いヤクザだな……」

「みんなそんなもんだよ、大仕事の前は……」

「そいつの名前は？」

「知らない。本当だ。噂《うわさ》を聞いただけだから……」

「じゃ、そのソープ嬢の名は？」

「レイ……。『ロココ』ってソープの」

布施はうなずくと、手を振って何事もなかったかのように歩き去った。

歌舞伎町を離れ、新宿通りまで出ると、布施は携帯電話を取り出した。だが、周囲の耳を気にして、それをまたポケットにしまい、公衆電話のボックスに入った。番号を押して相手が出るのを待つ。

「はい……」

不機嫌そうな声が聞こえる。

「あ、黒田さん？」

「てめえ、布施……。何時だと思ってる。こっちは、公務員でな……。朝が早いんだ……」

「知ってること、話せって、昨日言ったでしょう？」

「何を知ってるって言うんだ」

「いろいろね……。元郵政官僚とか、高山田一家とか……」

電話の向こうで黒田が唸《うな》った。

「てめえ、どこからそのネタを……」

「だから、ニュースソースは秘密だってば……」

「その他に知ってることは？」

布施は、鳩村に話したのと同じことを話した。黒田は黙っている。

「それとね……」

布施は最後に付け加えた。「新宿の『ロココ』っていうソープのレイって子が、ヒットマンのことを知っているらしいよ」

「どうして俺に話す気になった？」

「話せって言っておいて、その言い方はないでしょう？」

「なぜだ？」

「まあ、黒田さんのおかげで、『ニュース・イレブン』が恥かかなくて済んだからね」

「運のいい野郎だ。あのとき、俺が電話しなかったら、おまえんとこも、大阪のガサイレのこと放送していただろうな……」

「たぶんね。うちのデスクも言ってた。俺、運がいいって。俺がスクープできるのは、そのおかげのようだよ」

「俺には運だけとは思えないがな……」

「そう？」

「おまえさんは、とんだ食わせ者だよ」

「警察が容疑を固めるのは、ここ一日二日ってとこ？」

「まあな……。おいしいところが欲しかったら、明日一日俺にくっついているんだな」

電話が切れた。

布施は、鼻唄を歌いながら、電話ボックスを出た。

「逮捕状《おふだ》が下りたぞ」

その知らせが、カシマ電器役員狙撃事件合同捜査本部に届いたのは、翌日の夕刻だった。

捜査本部が急に慌ただしくなった。警視庁に詰めていた布施は、その気配を感じ取った。彼は、さりげなく捜査本部のある会議室に近づいた。

他社の記者も何か尋常でない雰囲気に気づいている。

捜査本部から、黒田が飛び出してきた。彼は、数名の捜査員といっしょだった。

黒田と布施の眼が合った。布施は、それですべてを理解した。布施は、すぐさま黒田の後を追った。

何をすべきかは心得ていた。すでにカメラクルーを局に待機させている。小型の中継車がすぐに飛び出せる態勢になっているはずだった。

黒田たちは、何台かの覆面パトカーに分乗して警視庁を出た。布施は、タクシーを拾い、その後を追った。

「ここで見失ったら、何もかもお終《しま》いだな……」

布施は、そうつぶやいていた。

新聞記者なら黒塗りのハイヤーを使えるのにと思った。

すべての覆面パトカーは、中野にあるアパートの周囲で停《と》まった。布施は、携帯電話を取り出し、番号をプッシュしながらタクシーを降りた。

電話で局のカメラクルーを呼び出すと、中野のアパートの住所と名前を告げた。

捜査員たちは、段取りを始めた。アパートの周りに、捜査員を配置する。

「さて……。カメラ、間に合いますかね……」

布施は、その様子を眺めながら独り言を言っていた。

やがて、刑事たちが、アパートに入って行った。間違いなく、ヒットマンを逮捕しに行くのだ。

「……間に合わなかったか……」

布施は、肩をすくめた。そのとき、バイクのエンジン音がすぐ近くで聞こえた。布施は振り返った。

二台のバイクが、停まったところだった。そのバイクには、テレビカメラや照明、バッテリーなどがくくり付けられている。

布施は、そちらに駆けだした。

ヘルメットを取ったふたりのライダーは、間違いなくカメラクルーだった。

「おう、布施ちゃん。中継車じゃ間に合わないと思ったんでな……。コーディネーション・ラインとかいらないんだろう。とりあえず、V回しときゃいいんだよな」

「おっしゃるとおりで……。今、刑事たちが入ったとこ……。容疑者が在宅なら、じきに出てくるか、捕り物が始まる」

「わかった。まかせておけ」

すでにひとりは、照明のセッティングを終えていた。手持ちのライトだ。

「ほれ、布施ちゃんもこいつ持つんだよ」

ライトをひとつ手渡された。

「何でもやりますよ」

カメラマンは、ハンディーカメラを構えた。

やがて実行犯の容疑者が、捜査員たちに連行されて出てきた。布施ともうひとりのスタッフがライトを当て、カメラマンがビデオを回す。容疑者逮捕の様子をしっかりとVTRに収めた。

事態を嗅ぎつけた他社の記者たちが駆けつけたのは、すでに容疑者が覆面パトカーに押し込められた後だった。

容疑者逮捕の場面をVTRに捉《とら》えることができたのは、TBNだけだった。またしても、布施のスクープだった。

さらに、その二日後には、高山田一家組長、高山田三郎と、元郵政官僚で、現在団体役員の加藤修造《かとうしゆうぞう》の逮捕状が出た。

すでに、この頃には、事件の全貌《ぜんぼう》が各報道機関の知るところとなっており、さすがにすべてTBNの単独スクープというわけにはいかなかった。

高山田一家組長と、加藤修造の逮捕は、全国の各放送局から、大々的に報道された。

犯人たちの関係が明るみに出るにつれ、殺人未遂事件は、さらに大きな波紋を広げていった。

4

「実行犯逮捕の独占スクープ映像……」

香山恵理子が、六時の会議の席で言った。「それに、関西四面塾の誤報も、うちの局だけが避けることができた……。これも、すべて、布施ちゃんのおかげね」

布施は、いつものとおり、二日酔いか寝不足の顔をしている。今にもあくびをしそうだ。

「いや、まったく……。キャスターとして救われた気分だよ。このところ、ニュースキャスターに対する風当たりが強いからな」

鳥飼行雄が言った。

「ねえ、鳩村さん。局としては、布施ちゃんに金一封くらい出していいんじゃない？」

香山恵理子がそう言ったが、鳩村デスクは、面白くなさそうな顔をしている。

「こいつは、自分の仕事をしただけだ」

「『ニュース・イレブン』の株は、布施ちゃんのおかげでずいぶん上がっているはずよ。何かご褒美があってもいいと思うわ」

「前にも言っただろう。こいつは、要領がよくて、運に恵まれているだけだ」

「そうかしら……」

「そうだ。たしかに、今回はこいつはついていた。だが、それだけのことだ。まあ、金星には違いない。だからといって、私は、こいつの仕事のやり方を認めたわけじゃないからな」

「強情だね……」

鳥飼キャスターが苦笑した。「あんた、布施ちゃんに嫉妬《しっと》してるんじゃないだろうね……」

「な……」

鳩村デスクが目をむいた。「なんで、私がこんないい加減な男に嫉妬しなくちゃならんのです！」

「冗談だよ。そうむきになるなよ」

布施は、まるで他人事のような顔で三人のやりとりを聞いている。

「それで、その後の情報は？」

鳩村デスクが布施に尋ねた。

「その後って……？」

「元郵政官僚、加藤修造と、暴力団組長、高山田三郎の疑惑だよ。続報は？」

「知らないですよ、俺……。そういうことは、他の記者がしっかりやってるでしょう」

「ほらみろ」

鳩村が香山恵理子に言った。「こいつは、こういうやつなんだ。報道機関というのは、こうした疑惑の解明に努力しなけりゃならんのだ」

「郵政官僚なんて、つついていいわけ？」

布施が言った。

「いや、それはだな……。時と場合によるが……」

鳩村が言葉を濁した。

「布施ちゃん、だめよ。デスクをいじめちゃ……」

「別に俺、いじめてませんよ」

「鳩村さんだって、もう、布施ちゃんの取材のやり方に文句は言わないわよねえ？」

香山恵理子にそう言われて、鳩村は唸った。やがて、彼は、開き直ったように言った。

「いや、文句は言わせてもらう。私は間違ったことを言っているわけじゃない。どうせ、私は憎まれ役だ。それでけっこう」

布施は、いつものように、『かめ吉』に夕食に出掛けた。

カウンターに黒田がいた。布施は、何も言わずその隣に腰を下ろした。

「失せろよ」

黒田が布施のほうを見もせずに言った。

「いいじゃない。お互い、ひとりなんだから」

「俺はひとりで飲みたいんだ」

「俺、ひとりで飯食うの嫌なんだ」

「礼でも言いたいのか？」

「いや、礼は言わない。ギブ・アンド・テイクだもん」

布施は、ビールを注文し、最初の一杯を一息で飲み干した。

「ああ、たまんないね、この最初の一杯」

「おまえもそう思うか？」

「思いますよ。いつ何時でも、ビールの最初の一杯は最高だよね」

「まだ、首に鎖を付けられているのか？」

「さあ、どうでしょうね……」

「ここに現れたんだから、そうでもねえらしいな。まあ、またスクープもやったことだしな……」

「ついてたよね」

「おまえさんは、そういうふりをしているだけだ」

「つきだの運だのと言っているが、実は、ネタを追っているときは、腹を空かせた狼《おおかみ》みたいに貪欲《どんよく》なんだよ。おまえ、それを見せないだけだ」

「狼だなんて……。俺、気が弱い羊ですよ……」

「他のやつはだませても、この俺はだませねえよ」

「だましてなんかいませんて……」

出入口の戸が開いて、客がひとり入ってきた。小太りで丸顔。紺色のスーツを着ている。

持田だった。

「あれ、ふたり、おそろいで……」

黒田が心底不機嫌そうな顔をした。

「おい、おまえがいないと困ることがひとつあるんだ」

黒田は布施にそっと言った。

「何です？」

「俺があいつの相手をしなけりゃならねえ……」

「そいつは同情しますね」

黒田は、布施に人差し指を突きつけるようにして言った。

「どういうふり？」

「いいか、持田の面倒はおまえが見ろ。俺に押しつけるようなことはするな」

「そんな……。俺たち、記者同士ですよ。ライバルなんですよ」

「何ふたりでごちゃごちゃ言ってるんですか」

持田が言った。「やあ、布施ちゃん。またスクープですってね。参ったな……。いや、実は僕も、カシマの件は何か裏があると思っていたんですけどね。しかし、たまげたよねえ……。あんなカラクリがあったなんて……。ほんと、驚きですよ……」

しゃべりつづける持田を尻目に、黒田が席を立とうとした。布施は、ひとり残されてはかなわないと、黒田の背広の裾《すそ》をしっかりつかまえていた。

第六章　もてるやつ

1

その日、朝や昼のワイドショーは、ちょっとした騒ぎとなっていた。レポーターたちは皆、躁《そう》状態だった。

東都放送ネットワーク——通称ＴＢＮでもそれは例外ではなかった。ＴＢＮでは、朝の八時から朝のワイドショーを、午後の二時から昼のワイドショーをオンエアしている。どこの局も同じ画面を放映していた。アップになった折原沙枝《おりはらさえ》が、にこやかに記者会見をしている。彼女は、二十六歳で、かつてはアイドル歌手だった。十六歳でデビューし、二十歳を過ぎる頃にテレビドラマで活躍しはじめた。

多少の波はあるものの、この十年というもの、人気に翳《かげ》りはなかった。今や、大物タレントの風格さえ感じられる。ファンの数は、増えこそすれ、減る様子は見られない。

その折原沙枝が、記者会見の場で、左手の薬指に輝くダイヤモンドの指輪をかざしている。

レポーターたちは、まるで身内が婚約でもしたように満面に笑みを浮かべている。彼らは、例外なく浮かれていた。

布施京一は、ベッドに入ったまま、昼のワイドショーをぼんやりと眺めていた。午後六時に会議がある。それまでに出勤しなければならない。

テレビの場面が切り替わった。二十代の女性に人気のある俳優が照れ笑いを浮かべていた。朝霞勇次《あさかゆうじ》だった。三十五歳の男盛りで、野性味のある二枚目だ。ハリウッド映画に進出するという噂《うわさ》もある。

女関係の噂の絶えない男だったが、ついに、年貢を納めたというようなコメントを、芸能担当のコメンテーターが冗談半分の顔つきで語っていた。

「ま、お幸せに……」

布施京一は、つぶやいてからあくびをした。

ともあれ、久しぶりのビッグ・カップルの誕生とあって、ワイドショーは大騒ぎをしているのだ。番組では、街の人々のコメントを拾って放映していた。ある者は驚き、ある者は嘆く。

視聴者の期待どおりの反応だけを編集している。だが、布施京一はそのコメントをほほえましく眺めていた。こういう番組では、奇をてらってはいけない。視聴者の期待どおりの映像を期待どおりの形で提供すればいいのだ。

人々は、それである種の共感を感じる。主婦をターゲットにした番組だ。主婦にとってテレビは生活の一部だ。リビングルームにあるテレビに他のどの層よりも親近感を覚えている。

日常があまり突飛なものであってはいけない。ワイドショーは、そういう足かせをはめられている。布施京一はそのことをよく知っているのだ。だから、こうした番組作りも批判はしない。けっこうその日常性を楽しんでさえいるようだった。

折原沙枝と朝霞勇次の婚約。主婦たちは、その出来事を、親類縁者の婚約よりも身近に感じているかもしれない。だが、布施京一にとっては遠い世界の出来事だった。

番組の終わりに、その他のニュースを短く伝えた。局アナである司会のアシスタントが、二十二歳のホステスが殺されたというニュース原稿をついでのように読み上げた。被害者の写真が映し出されたが、なかなかの美人だった。

容疑者はまだ見つかっていない。警察は、怨恨《えんこん》か痴情のもつれの線で捜査を進めているという。

布施京一はのろのろとベッドを出て身支度を始めた。このところめっきり冷え込んできている。彼は、エアコンで部屋が暖まるまでベッドを出ないことに決めていた。ようやく部屋が暖かくなったのだ。

コーヒーメーカーに挽《ひ》いた豆と水を入れて、朝刊を見る。今朝も朝帰りで、帰宅したときに新聞には一度目を通していたが、改めて社会面を読み返してみた。

大新聞の社会面にまで、ごく小さな扱いではあったが、折原沙枝と朝霞勇次の婚約の記事が載っていた。それだけ、社会的な影響が大きい出来事ということなのだろう。

コーヒーを飲み干すと、出掛ける準備を始めた。


午後五時にTBNの報道局に顔を出すと、『ニュース・イレブン』の鳩村昭夫デスクが大げさに驚いて見せた。

「何が起きたんだ？　おまえが、会議の一時間も前に現れるなんて……」

「俺、そんなに勤務態度悪くないと思いますよ」

「笑わせるな」

「だって、俺、遊軍記者ですよ」

「遊軍記者ってのはな、ぶらぶら遊んでいる記者のことをいうんじゃないんだ。記者たちのバックアップや継続取材、緊急取材などやることは山ほどある。おまえは、日本一仕事をしない遊軍記者だ。だいたい、社会部の記者というのは、昔から夜討ち朝駆けと決まってるんだ」

「ちゃんと働いてますよ。それに、俺、社会部の遊軍じゃなくて、あくまでも『ニュース・イレブン』の記者なわけだし……」

「ばか、同じことだ」

『ニュース・イレブン』は、組織上は報道局内のニュース編成部に属している。そこには、二人のデスクがおり、交代で当番をしている。鳩村昭夫はその一人だ。

フィールド・ディレクターが四人おり、スポーツ担当のチーフ・デスクがやはり二人いる。布施は、その『ニュース・イレブン』専属の遊軍記者ということになっている。扱いはフィールド・ディレクターと同じだが、社会部の記者と同様に警視庁記者クラブの会員証を持っている。

というより、正式の身分は社会部記者で、便宜上番組に配属されているという形を取っているのだ。

布施は、鳩村デスクが小言を終えて満足したのを見計らって尋ねた。

「項目表はできてるんですか？」

「まだだ。会議までには上がる」

「トップは何でしょうね？」

「ああ……。新連立内閣の動向だろう。財政再建と行政改革……。国会のクラブから中継が入る」

「『プレイバック・トゥデイ』にはどんな話題が入っています？」

「もうじきカンパケが届くから、自分で確かめてみればいい」

「折原沙枝と朝霞勇次の婚約なんかが入っているのかな……」

「ああ……」

デスクは、ファックスの束に目を通しながら、気のない返事をする。「ワイドショーネタだが、話題性があるからな」

「ホステス殺しは？」

「入ってるよ。だが、たいした扱いじゃない。すでに昼のニュースでも流れているしな……」

「殺人事件ですよ」

鳩村デスクは、顔を上げて不思議そうに布施を見た。

「それがどうした？」

「殺人事件はたいへんなことだと思うけどな……」

「コロシ、タタキ、ツッコミ。そんなものは、社会部の記者にとっては日常だよ。私たちはね、限られた時間にインパクトのあるニュースを流さなければならないんだ。視聴者が何を知りたがっているのか。そのプライオリティーを考えなければならない」

「そうですね……」

「ホステス殺しはその後、続報も入っていない。材料がないんだよ」

「材料をかき集めてきたら扱いを大きくしてもらえますか？」

鳩村デスクは、ますます不思議そうな顔になって尋ねた。

「何を考えてるんだ……？」

「若い女の子が殺されたんです。心が痛みませんか？」

「入ってきたニュースにいちいち感情移入していたら、こちとら身が持たないよ」

布施は、肩をすくめて見せた。鳩村にはそれがどういう意味なのかわからなかった。

「とにかく、ちょっと調べてみますよ。一回目の会議、パスしていいですか？」

「勝手は許さんぞ」

「記者が局内でごろごろしていても始まらないでしょう」

布施は鳩村デスクに背を向けて報道局の出口に向かった。

「あ、こら、待て。どこに行く」

布施は振り向きもせず、片手を挙げると出ていった。

鳩村デスクは、舌打ちした。

「まったく……。あいつはいったい何を考えているんだ……」

布施と入れ代わりでメインキャスターの鳥飼行雄が報道局に入ってきた。

鳥飼行雄は鳩村デスクを見ると言った。

「どうした？　妙な顔して」

「布施ですよ」

「布施ちゃん？　今頃、まだ寝てるんだろう？」

「さっき、顔を出しました」

「え、もう出てきたのか？」

「二十二歳のホステス殺し……。それに妙にこだわっていたんです……」

「あれ、まだホシが挙がってないんだろう？」

「警視庁では発表していません」

「布施ちゃん、何か心当たりがあるのかな……」

「どうかな。だが、あいつの嗅覚《きゅうかく》は犬並です。それだけは認めなければならない」

「それだけ？　私にはそうは思えないね。ただ、嗅覚だけで次々とスクープをものにできるはずはない。布施ちゃんは、きっと毎日地道な取材を繰り返しているんだよ。いろいろな情報源を持っているようだしな。犬並の嗅覚を持っているとあんた言ったが、私は、羊の皮をかぶった狼《おおかみ》という気がするね」

「狼ですって？」

鳩村デスクは、顔をしかめた。「私には、寝てばかりいる役立たずの年寄り犬のように見えますがね……」

「見かけじゃわからんよ」

鳩村は、テーブルの上のファックスの束をかき集め、言った。

「私は、手もとにある材料だけで番組を組み立てます。それしかない。項目表には、ホステス殺しの件は入れません。あくまで『プレイバック・トゥデイ』扱いです」

「まあ、それが順当だろう」

「順当なことしかできないんですよ」

「何だって？」

「布施のようなやつを抱えていれば、誰かが手綱を引き締めなければならない。でなければ、布施の局内の立場も悪くなります」

鳥飼行雄は穏やかにほほえんだ。

「何だかんだ言っても、あんたたちは、いいコンビなんだな」

「からかわんでください」

鳩村デスクは、妙に不機嫌そうに手もとの書類を取って見つめた。

2

布施は、警視庁麻布署にやってきていた。ホステス殺しの捜査本部が麻布署に作られているのだ。

捜査本部の前に記者たちがたむろしている。布施と同じＴＢＮの記者もいる。布施より先輩で、佐久間《さくま》という名だった。

佐久間は、布施を見つけるとぶらぶらと近寄ってきて、そっと言った。

「おい、スクープ坊やが何でこんなところにいる？」

「取材ですよ」

「何か臭《にお》うのか？」

「デスクに絞られましてね。何でもいいから仕事しろって……。それで……」

「鳩村か？　あいつに何か言われたくらいで素直に取材に飛び出すタマじゃねえだろ、オタクは……」

「そんなことないですよ。気が弱いんですよ、俺。ね、被害者、どんな子だったんです？」

「長岡由香里《ながおかゆかり》、二十二歳。スクエアビルの近くの『ポルテ』って店に勤めていた。ホステスの在籍が五十人くらいの店だそうだ」

「『ポルテ』なら知ってます」

佐久間は布施をしげしげと見た。

「そんなところに出入りしてるのか？」

「芸能人の知り合いに連れていってもらったことがあるんですよ。あの店、芸能人がよく行くから……」

「派手な付き合いしてやがんな……。長岡由香里は、店では麻美《あさみ》という名前で出ていたそうだ」

「麻美ね……」

「覚えているのか？」

「一回行っただけですよ。ホステスの名前なんて覚えてませんよ。殺害の場所は、被害者の自宅だったということですよね」

「そう。麻布十番のマンションだ。１ＬＤＫにひとり住まいだった。首を絞められて殺されている。目撃者は今のところなし。犯行の時刻は、深夜から明け方の間。おそらく、店が引けてからのことだろう」

「それほど仕事熱心じゃなかったのかな……」

「何だって？」

「ホステスは、店が終わってからも営業時間ですよ。売れっ子は毎日アフターに出るんです。帰るのは朝になってからです」

「そういうものなのか？」

「そういうものです」

「じゃあ、あまり人気がなかったんだろう。とにかく、記者会見では、そう言っていたよ」

布施は、眠たげな眼であたりを見回していた。捜査本部の出入口にいた記者と眼が合った。

その記者は、にっと笑うとうれしそうに布施に近づいてきた。

東都新聞社会部の遊軍記者、持田豊だった。

「やあ」

持田豊は、布施に声を掛けた。

「へえ、あんたもここに来てたんだ」

「僕、今日は助っ人なんだ。でも、ちょうどよかったよ。捜査一課の黒田さん、ここの帳場に出張ってきてるんだぜ」

「コロシの捜査本部だからね。別に珍しいことじゃないよ」

「ほら、僕、黒田さんといろいろあるだろう……」

「そうだな……。ま、頑張ってよ」

「ねえ、布施ちゃんがここに来てるってことは、単純なコロシじゃないってこと？」

「何でさ。俺はいつも地道な取材をしているつもりだけどな」

「またまた……」

佐久間が布施の腕を取って引っ張った。ふたりは持田から離れ、佐久間が声をひそめて言った。

「おい、ちょっと」

「あいつは東都新聞の記者だろう？」

「そうです。持田っていうんです」

「黒田さんてのは、警視庁《ほんぶ》捜査一課の黒田裕介か？」

「そう」

「持田と黒田がいろいろあるってのは、どういう意味だ？」

「夜回りでしょっちゅう話を聞いているということでしょう」

佐久間はあきれたような顔をした。

「そんなことはどこの記者もやっていることだ」

「持田さんは、特別なことだと思っているのかもしれませんね。社会部に配属されたのは、最近のことらしいから……」

「そんなんでブンヤがつとまるのか？」

「つとまるみたいですよ」

「たまげたな……」

そのとき、捜査本部の出入口付近が急に慌ただしくなった。刑事たちが足早に通り過ぎていく。

記者たちは、口々に何か話しかけるが、それにこたえる捜査員はいない。持田が黒田を見つけ、もっともらしい笑顔で親しげに話しかけたが、黒田はあっさりと無視した。

持田は、一瞬、傷ついた顔をした。

「こりゃあ、捕り物だな」

佐久間が携帯電話を取り出しながら言った。「小型の中継車を待機させてある。カメラが一台にディレクターが一人だけだ。おまえも来るか？」

「いや、別を回ります。任せますよ」

「わかった」

佐久間は、他の記者たちと先を争って駆けていった。

布施はひとりぽつんと取り残された形になったが、それを気にしている様子はなかった。麻布署に百年も勤めているようなそぶりで捜査本部の部屋を覗《のぞ》き込んだ。

狭い会議室で、折り畳み式の細長いテーブルが並んでいる。その上に電話が数台。正面にはホワイトボードがあった。おなじみの風景だ。

庶務を担当する私服と連絡係の制服警官が残っていた。電話を持って声高に話しているのが、捜査主任のようだった。

「……そうだ。今、捜査員が急行している。身柄《ガラ》、こっちに欲しいんだ。……わかってる。池袋署のほうにも手柄分けるから……。実績はそっちにやってもいい。身柄《ガラ》だけこっちにくれればいい。悪いな。たのんます」

電話を切った。捜査主任がふと戸口のほうを見た。布施と眼が合った。

「おい、そこの！」

捜査主任は、布施を指さして怒鳴った。たたき上げの刑事らしい。極道が逃げ出すような目つきをしている。

布施は相変わらずのんびりとした顔つきをしている。

「そこで何している」

「えーと、取材ですけど……」

「てめえ、盗み聞きしやがったな」

「何も聞いてませんよ」

捜査主任は、布施を睨《にら》み付けた。布施は平然としている。やがて、いまいましげに鼻から息を吐き出すと捜査主任は言った。

「もういい。失《う》せろ」

布施は、その場を離れた。

「捕り物は、池袋署管内か……。これで一件落着かな……」

彼は、麻布署を出ると六本木交差点の方角に向かって、散歩でもするような足取りで歩きはじめた。

3

ＴＢＮ報道局に、ホステス殺しの容疑者逮捕の知らせが入ったのは、午後六時二十分だった。

六時から夕方のニュースを放映しており、その枠内で容疑者逮捕が報じられた。警視庁記者クラブからの生中継と、逮捕の直後容疑者が連行されるＶＴＲが入った。

ちょうど一回目の会議をやっていた『ニュース・イレブン』のスタッフは、報道局内に並んでいるモニターの画面を見つめていた。都内のすべての局がモニターされている。

「ちくしょう……。ＣＳがいちばん早かったか……」

鳩村デスクがつぶやいた。

早いといっても、ほんの数分の差だ。一般の視聴者はそんなことは気にはしない。だが、現場の人間にはその数分が問題なのだった。

「容疑者が連行されるところのＶが手に入ったな。そのまま、『プレイバック・トゥデイ』で使える」

メインキャスターの鳥飼行雄が言った。「これで布施ちゃんも満足だろう」

「なあに、布施ちゃんが満足って？」

女性キャスターの香山恵理子が尋ねた。彼女はまだジーパンにセーターという出《い》で立ちだった。本番前に着替えるのだ。ショートカットが知的な雰囲気を感じさせる。ちょっと冷たそうなイメージがあるが、両方の頰《ほお》にあるえくぼがそれを和らげている。

「布施ちゃんが、このホステス殺しに妙にこだわっていたそうなんだ」

「へえ……」

香山恵理子の眼が光った。たいていの男がぞくりとするほど美しかった。好奇心の輝きだ。

「布施ちゃんのことだ。この容疑者逮捕を予想していたんじゃないかね」

鳥飼行雄が言うと、鳩村デスクは苦笑して反論した。

「容疑者逮捕を予想して出ていったのなら、あいつはどうして何も言ってこないんでしょうね？　事件のことが気になるなんて、言ってるだけですよ。どうせ、会議をさぼってどこかでぶらぶらしているに決まってます」

「たしかに電話一本ないようだが……」

「容疑者逮捕を予想しただけかしらね」

香山恵理子が独り言のようにつぶやいた。鳥飼行雄と鳩村デスクは同時に香山恵理子のほうを見た。

「どういう意味だ？」

鳩村デスクが訊《き》いた。

「布施ちゃん、いい加減なようだけど、理由もなく会議をすっぽかすような人じゃないわ」

鳥飼行雄が思案顔になって言った。

「今も何か追っ掛けているということか……」

「そうかもしれないわ」

鳩村デスクがあきれたようにかぶりを振りながら言った。

「ふたりとも、買いかぶってるよ。あいつはただのデクの坊だ」

「デクの坊が、次々とスクープをものにできるかしら？」

「ついてるだけだ。ちょっとしたスクープというのは、身近に転がっていることがある。記者ってのは、集団で移動するもんだ。そういう習性が身についている。他社に抜かれたくはない。他社が報じたことを自分のところが報じなかったら、担当者は大目玉を食らう。だから、最低限、皆の知っている情報だけは聞き逃すまいとする。だが、布施はそんなものはどうでもいいと思っている節がある。だから、他の記者とちょっと違った動き方をする。そして、たまに誰も気づかなかったスクープを拾う。私に言わせりゃ、ゴッツァン記者だよ。だがね、そういう運はすぐに落ちる。運だけに頼っていたら、今に痛い目にあう」

「あら、それって大切なことだと思うわ。つまり、切り口が他の記者と違うってことでしょう？　遊軍記者に求められているのは、そういう他と違った視点なんじゃないかしら？」

「布施のことなどどうでもいい」

鳩村デスクは不機嫌そうに言った。「折原沙枝と朝霞勇次の婚約の件だが、ワイドショーじゃないんだから、おめでとう、おめでとうじゃ済まない。何か気のきいたコメントを考えておいてくださいよ」

鳥飼行雄は言った。

「こんなニュース、取り上げなければいいのに……」

「視聴者サービスですよ。それに、世の中がこれだけ騒いでいるのだから、取り上げないわけにもいかないんです」

「『ニュース・イレブン』は報道番組だろう？」

「テレビの役割は、他のメディアとはちょっと違うんです」

「なるほどね……」

鳥飼行雄は複雑な表情で言った。「では、有名人同士の婚約が日本経済に及ぼす影響でも考えておくか」

「そんな影響、あるんですか？」

「あるわけないだろう」


結局その日、布施は報道局に姿を見せなかった。鳩村デスクは、布施が持っている携帯電話に何度も掛けたが、結局一度もつながらなかった。最終の会議が九時から始まったが、その段階で鳩村は布施に連絡を取るのをあきらめた。

『ニュース・イレブン』では、折原沙枝と朝霞勇次の婚約の話題を取り上げ、鳥飼行雄は、朝霞勇次のことを平成のドン・ファンなどとコメントした。

ホステス殺しの件は、『プレイバック・トゥデイ』の枠内で短く取り上げられたに過ぎなかった。


布施は、六本木の『ポルテ』にやってきていた。ボトルを一本入れた。飲み代は七万から八万になるだろう。布施はつぶやいた。

「やれやれ……。物入りだよなあ」

ホステスがやってきて、当たり障《さわ》りのない話をする。布施は完全にリラックスしているように見える。そういう雰囲気がホステスや店の従業員を安心させる。演技ではない。根布施はどうやら、どんな場所でも肩の力を抜いて楽しむ術《すべ》を心得ているようだった。

っからの遊び上手なのだ。

付いたホステスの名は、カズミだった。カズミはたちまち打ち解け、布施に親しみを感じたようだった。

そのうちに、カズミのほうから殺された麻美——長岡由香里のことを話題にしはじめた。

「ねえ、布施さんも知っているでしょ？　殺人事件があったって……。殺されたの、この子なのよ」

「そうらしいね」

布施は、のんびりとした口調を変えなかった。

「麻美ちゃんていう子だったの。もう、あたし、びっくり……。なんか、怖くなっちゃって……」

「警察が、いろいろと訊きに来たでしょう？」

「そうなのよ。でも何しゃべっていいのかわかんなくて……。個人的なことはあまり知らないし……」

「ここにどれくらいいたのかな……？」

「そうね……。半年くらいじゃないかしら……。けっこう人気あったのよ」

「へえ……」

「派手なお客さんをつかんでたわ。芸能人なんかもけっこう麻美ちゃんのお客さんになってたし……。ほら、婚約した朝霞勇次。あの人も麻美ちゃんのお客さんだったわ」

「おやまあ……」

「あの人、すごくもてるのよ。女のあしらいがうまいの。あちらこちらの店の子とできてるって……。遊びで付き合うというより、けっこう本気にさせるらしいの。水商売の子って割り切ってるの、多いじゃない。なのに、朝霞さんと付き合う子はみんな本気になっちゃう」

「うらやましい限りだね」

「生まれつき、そういう雰囲気を持っているのよ。別に口数が多いわけじゃないし口説きまくるわけでもないのに……」

「何が怖かったの？」

「え……？」

「さっき言ったろう？　麻美ちゃんの事件のことさ……」

「ああ……。麻美ちゃんね、しょっちゅう覗きとかにあってたらしいわ。帰りに後つけられたことも何度もあったらしいし……。ストーカーよ。そういうのって、他人事じゃないって感じでしょう。まあ、でも犯人がつかまってよかったわよね」

「池袋に住んでるやつらしいな……」

「昔の知り合いかしらね。麻美ちゃん、ここに来る前は池袋のキャバクラにいたって言ってたから……」

「池袋のキャバクラから六本木のクラブか……。出世だよな」

「キャバクラではナンバーワンだったそうよ。知ってる？『ワイルド・キャット』ってお店。有名な店よ」

「ああ、聞いたことあるよ」

「本当は、殺人事件のこと、あまりしゃべるなって、お店の人に言われてるんだけど……。どうしても話題になっちゃうわよね」

カズミは店内を見回して、ふと表情を曇らせた。彼女は、若い男性従業員の姿を眼で追っていた。

「どうかした？」

布施は、尋ねた。

「お店の恥になる話だから、言いたくないんだけどね……。あいつ、麻美ちゃんに惚《ほ》れてたのよ。もちろん、片思い。暗い子でね。はっきりしないから、麻美ちゃんも無視するしかなかった。ほら、お店のなかの恋愛沙汰《ざた》はやばいし……。職場恋愛はいろいろとね……」

「客とホステスの恋愛も職場恋愛だな」

「そうね」

カズミは笑わなかった。

「朝霞勇次と麻美ちゃんはどうだったんだろう……」

「麻美ちゃん？　さあ……。朝霞勇次にはほかにも女の人何人かいるの知ってたから……。でも、本気で好きだったかもしれないわね。水商売の子だって本気で惚れることはあるのよ」

カズミは意味ありげな眼で布施を見た。「あたしも、布施さんに惚れちゃうかもしれない。なんだか、初めて会った気がしないんだもの」

「ああ、それ、よく言われるよ」

「なんだかくやしい」

「だめですよ、俺なんて。金持ちじゃないから、こんな高い店なんてしょっちゅう来れないし……」

「そういうもんじゃないのよ。朝霞勇次だってそんなに頻繁に来るわけじゃないし……。金になる客といい客って、別なのよ」

「へえ……」

布施は真面目《まじめ》に言った。「やっぱり、高い店はいろいろと勉強になるなあ……」

布施は『ポルテ』を出ると、池袋の『ワイルド・キャット』に行った。こちらは、六本木のクラブほど高くはない。充分にポケットマネーで遊べる。

時間制のシステムで、初めてだというと次から次へと女の子を替えてくれる。布施は、賑《にぎ》やかな音楽がかかる店内で、やはりくつろいだ様子だった。

容疑者が池袋でつかまっているし、同じ水商売の子が殺されたということで、殺人事件の話題もまったく不自然ではなかった。三人のホステスが入れ代わりで付いたが、そのうちのひとりが被害者の長岡由香里を知っていた。そのために、彼女のほうから話したがっているような感じだった。

「つかまった容疑者は、昔の彼氏よ」

そのホステスは言った。「フリーターだと思うわ。つまんないやつよ。はっきり言ってヒモね」

「まだ付き合ってたのかな?」

「まさか……。彼女、朝霞勇次と付き合ってたんだもん」

「朝霞勇次はただの客だろう?」

「そう思われているけどね」

ホステスは声をひそめた。「あれ、本当に付き合ってたのよ。ただの客だったら、自分の部屋に入れたりしないわ」

「部屋に……」

「いつだったか、由香里に電話したの。そしたら、今、部屋に誰がいると思う、なんて言うのよ。朝霞勇次が部屋に来てたの。電話に出たのよ。びっくりしちゃった」

「へえ……。そいつはまた……。彼女、アフターをあまりやらないということだったけど、そのせいかな」

「たぶんね」

「じゃあ、朝霞勇次はずいぶんと落ち込んでるんだろうな……」

「あなた、知らないの？　折原沙枝と婚約したのよ」

「あ、そうだったな……」

「ね、これって、なんだか犯罪の臭いがしない？」

「何が……？」

「だって、朝霞勇次は、由香里と付き合っていたのよ。由香里が死んで、その日に婚約発表……」

「まあ、世の中、いろいろあるからなあ……」

「あなた、なんだか張り合いのない人ね」

「よく言われるよ」

4

一夜明け、またしても、朝霞勇次を巡る大騒ぎが起きていた。ワイドショーのレポーターたちは、昨日とは打って変わって深刻な表情をしている。中には怒りを露《あら》わにしているレポーターもいる。

テレビをつけたばかりの布施は何が起きたのかわからなかった。次第に事態が飲み込めてきた。朝霞勇次が長岡由香里殺しの参考人であることが、どこかから洩《も》れたのだ。朝霞勇次の自宅の周辺にテレビ・レポーターが殺到していたが、本人は不在のようだった。

各ワイドショーのコメンテーターの論調も昨日とは一変していた。口々に身から出た錆《さび》だという意味のことを話している。婚約話の行方がどうなるか、まだ発表はない。ワイドショーのコメンテーターは、こぞって破談になるだろうという憶測を述べていた。

「もてるやつは、いざとなると袋叩きだね……」

布施はつぶやいた。

新聞を開いてみる。朝刊には、朝霞勇次の殺人事件に対する関与を扱った記事は載っていなかった。

「スポーツ紙のすっぱ抜きだな……」

独り言をつぶやくと布施はいつもより早めにベッドを出た。身支度をすばやく済ませると麻布署に向かった。

どうにか捜査本部の記者会見に間に合った。捜査本部長を務める麻布署長が毎日午前十一時に記者会見を行う。

記者たちは、メモを取りながら署長の話を聞いている。布施は、その記者会見の場から離れて、捜査本部を覗き込んだ。

黒田がむっつりした顔で座っていた。布施は声を掛けた。

「やあ、どうも」

黒田は、赤く濁った眼で布施を一瞥《いちべつ》するとすぐに眼をそらしてうなるように言った。

「失せろ。てめえらの顔など見たくない」

「昼飯、おごるよ」

「あっちへ行け。俺のそばに来たらぶんなぐるぞ」

「朝霞勇次のことで怒ってるの？」

「俺は何もしゃべらん。消えろ」

「身柄、押さえてるんでしょ？」

黒田が再び布施を睨んだ。だが、何も言わなかった。

「朝霞勇次は任意でしょう？」

黒田は何事かうめくようにつぶやくと、立ち上がり布施のそばに来た。いきなり布施の襟首をつかんだ。

「おまえらマスコミにはうんざりだ。何で捜査の邪魔をするんだ？　朝霞勇次のことがどこから洩れたかは、俺も知らない。だが、おまえらのくだらねえスクープ合戦のせいで、捜査は台無しだ」

「被害者と朝霞勇次は付き合ってたんだってね」

「知らん」

黒田は突き飛ばすように手を放した。

「朝霞勇次の名前を出したのは、池袋でつかまった容疑者でしょう？　野島博史《のじまひろし》っていったっけ？　それで捜査本部では秘密裡《り》に朝霞勇次に任意同行を求めた。それを察知したどこかがすっぱ抜いた……」

「スポーツ新聞だよ。憶測記事だ」

黒田は、油断のない目つきで布施を見つめながら言った。「だが、影響は大きい」

布施はうなずいた。

「わかってますよ」

「てめえ……、何かつかんでるのか？」

「いや、俺も憶測ですよ」

黒田は、値踏みをするようにじっと布施を観察した。しばらく無言でいたが、やがて黒田は言った。

「昼飯、おごるって言ったな」

「ええ」

「よし、てめえの憶測とやらを聞かせてもらおうじゃねえか。十分後に『クローバ』に行く。待ってろ」

布施はうなずくとリラックスした歩調で捜査本部を後にした。


「さあ、しゃべれよ。こっちも忙しいんだ……」

席に着くなり黒田が言った。

「容疑者の野島博史は一貫して犯行を否認している。そうですね？」

「俺はおまえの質問にはこたえない」

「そして、野島博史は、朝霞勇次の犯行であることを臭わせた。捜査本部でも野島の犯行を裏付ける決定的な証拠を握っていない。今や、朝霞勇次も容疑者になりつつある。そういうことですね」

「俺は何もしゃべらんよ」

「容疑者の野島博史は、朝霞勇次を強請《ゆす》ろうとしていた。たぶん、被害者から朝霞勇次が折原沙枝と婚約することを聞いて思いついたんでしょう。被害者の長岡由香里はそれを止めようとして口論になった。喧嘩《けんか》になったのかもしれませんね。そこに、朝霞勇次がやってきて鉢合せ……」

黒田は、威圧的な態度を崩さない。

「てめえ、どこからそのネタを……」

「言ったでしょう。憶測だって」

「食えねえ狸《たぬき》だよ、おまえは……」

「事実関係はどうなんです？」

「ほぼおまえの憶測どおりだよ。だが、鉢合せしたわけじゃない。朝霞勇次が長岡由香里の部屋にやってきたのは、野島博史と長岡由香里が口論して野島博史が部屋を出てからだ。そのときに被害者が生きていたか死んでいたかはまだわかっていない」

「朝霞勇次はどう言ってます？」

「何も知らない、警察に呼ばれる理由などない。その一点張りだ」

「もてるやつって、そういうとき損ですよね」

「何だと？」

「刑事さんたちの心証が悪くなるでしょう。おそらく、すでに捜査本部のかなりの刑事さんが、犯人は野島じゃなく、朝霞勇次だと思いはじめているんじゃないですか？」

「そうかもしれん。何人もの女と付き合っていながら、折原沙枝みたいないい女と婚約するんだからな。世の中不公平だ」

「折原沙枝がいい女かどうかなんてわかりゃしませんよ。芸能人なんて付き合いづらいですよ。もてるやつにはもてるやつなりの悩みもあるでしょうし……」

「一般の人間はそうは思わねえ」

「だから、世の中こぞって朝霞勇次を攻撃しはじめたんです。みんな、婚約のときだって、やっかんでいたはずなんです」

「捜査本部では、あくまでも朝霞勇次は参考人だと発表している。事実そうだからな」

「しかし、証拠固めを始めている……」

「そうだよ。たしかに最初、野島博史が捜査線上に浮かんだ。しかし、今では、かなり、朝霞勇次が怪しいと睨んでいる」

　布施はにやりと笑った。

　黒田は、腹立たしげに言った。

「何がおかしい？」

「黒田さん、嘘《うそ》がへただから……」

「嘘……？」

「朝霞勇次に、長岡由香里を殺す理由なんてないもの」

「理由がないだって？　折原沙枝との婚約のために邪魔になったのかもしれない。別れないだのなんだのってだだをこねられ、かっとなって犯行に及ぶことだってあるだろう」

「もてるやつは、そんなこと考えませんよ。別れる必要ないんだもの。結婚した後も、付き合いは止《や》めない。たぶん、何人もの女と付き合いつづけるはずですよ」

黒田は、うんざりした顔になった。

「じゃあ、おまえは、野島が本ボシだと思ってるわけか？」

「理屈じゃないけど、野島でもない気がしますね。野島は被害者にまだ惚れていた。利用しようというのは口実で、縒《よ》りを戻したかったんじゃないですか？」

黒田は、おもしろくなさそうな顔になった。

「てめえ、やっぱり、何か知ってるな？」

「長岡由香里は、頻繁に覗きにあったり、後をつけられたりしていたそうです」

「ホステスなら珍しいことじゃないだろう……」

「そいつは偏見ですよ。誰か特定の人間に付きまとわれていたと考えるべきです」

「知ってるのか？」

「そういうことをしそうな人物を最近見たような気がします」

「誰だ？」

「名前は知らないな……。『ポルテ』の若い男性従業員ですよ」

黒田は、背もたれに身を預けた。

「やっぱりてめえは食えない」

「俺の考え、当たってると思うけどな」

「おまえを捜査員にしたいくらいだよ」

「ということは、すでに警察はあの従業員をマークしているということですか？」

「いま一つ、確証がつかめない」

黒田はゆっくりと身を起こして言った。「おまえ、一肌脱ぐか？」

「何ですか？」

「警察は犯人を罠《わな》にかけられない。だが、おまえならできる」

「俺に囮《おとり》になれってことですか？」

「いやか？」

「いやですよ」

「また、スクープもんだぞ」

「スクープより命ですよ。俺、危ないこと嫌いなんだ」

「笑わせるな。おまえほど肝のすわった記者は見たことがないよ。この俺にプレッシャーを掛けるんだからな」

5

布施は、再び『ポルテ』を訪れ、カズミを指名して九時から十時まで飲んだ。カズミは、心底喜んでいるようだった。

「あの従業員、何ていう名前だ？」

布施はカズミに尋ねた。被害者の長岡由香里に惚れていたという従業員だ。

「ああ、村松《むらまつ》くん？　彼がどうかしたの……？」

「いや、傷ついているだろうと思ってね」

あとは簡単なことだった。店を出るときに、村松に近づき、そっとささやくだけで充分だった。

「俺、知ってるんだぜ」

村松は怪訝《けげん》そうな顔をした。明らかに怯《おび》えている。

「何のことです？」

「麻美ちゃんさ。殺《や》っちまったんだろう？　何なら相談に乗ってもいい」

村松はみるみる真《ま》っ蒼《さお》になっていった。殺人をおかしたプレッシャーに押しつぶされそうになっていたに違いない。ほんの一押しで崩れてしまいそうな感じだった。布施は言った。

「檜町《ひのきちょう》公園で待ってる。店を抜け出してこいよ」

布施は『ポルテ』を出た。


檜町公園には人影がなかった。布施は無防備にベンチに座っている。真っ暗な木陰から突然、誰かが飛び出してきた。一瞬、水銀灯に刃物が光った。布施は身を投げだした。誰が襲ってきたかはすでにわかっていた。村松は、あっさりと罠にかかったのだ。

倒れた布施に村松は躍りかかって包丁を振り上げた。誰も助けに来ない。

「ちょっと……。冗談じゃないよ……」

布施は必死に抵抗した。包丁が頬をかすめ地面に突き立った。再び、村松が包丁を振り上げる。今度は避けられそうになかった。布施は、夢中で体をひねった。村松が転がり落ちる。

その瞬間、いくつもの光の筋が村松を照らした。懐中電灯の光だ。その光をバックに仁王立ちになっている影が見えた。

「そこまでだ、村松。殺人未遂の現行犯で逮捕する」

黒田だった。村松は、驚かなかった。こういうことになるのを予想していたようですらあった。あるいは、逮捕されることで救われた気分だったのかもしれない。彼は、たしかに自分を責め苛《さいな》んでいたのだ。


「助けに来ないかと思いましたよ」

村松は連行されていったが、布施はまだ地面に座り込んだままだった。

「てめえにはいい薬だろう」

「囮をやらせておいて、その言いぐさはないでしょう」

「一仕事残っている。村松の自白を取らなきゃな。捜査本部に来たいのならタクシーなりなんなり使って自前で来いよ。パトカーで送るわけにはいかんからな」

「わかってますよ」

黒田は去っていった。布施は立ち上がり、階段を上って道路に出た。そこに小型の中継車が待機していた。カメラマンとフィールド・ディレクターが乗っている。

布施はフィールド・ディレクターに言った。

「自白が取れたら、すぐに知らせが入るから、麻布署前から中継してよ。番組の冒頭に間に合うと思うから」

「俺が中継やるの？　布施ちゃんがやればいいじゃない」

「冗談。テレビに顔なんか出せませんよ」

犯人が自供したのは、午後十一時を少し回った頃だった。黒田から布施にそっと電話が入った。村松は、その日も被害者のマンションの周囲をうろついていた。彼は、長岡由香里の部屋を二人の男が相次いで訪ねたことに傷ついた。朝霞勇次がその部屋をたまに訪れることは知っていたものの、別の男がいるとは思っていなかった。

そこで彼は自分にも部屋を訪ねる権利があるかもしれないという勘違いを起こしたのだ。朝霞勇次が去ったあと、部屋のチャイムを鳴らすと、長岡由香里が出てきた。彼女は、いらついていたこともあり、激しく村松を罵《ののし》った。それは当然だ。由香里にとっては、村松は店の従業員に過ぎない。

村松は自分の過ちを思い知らされた。同時に彼は死ぬほど恥ずかしくなり、怒り、傷つき、うろたえ、前後を忘れた。気がついたら、由香里を絞め殺していたという。

『ニュース・イレブン』は、どこの局よりも早くホステス殺人の真の容疑者を報道できた。つまり、どこの局よりも早く、朝霞勇次の疑いを晴らしたのだった。

鳥飼行雄はあらためて、朝霞勇次と折原沙枝の婚約を祝うコメントを述べた。

翌日、布施は、平河町の『かめ吉』に香山恵理子を伴ってやってきた。香山恵理子が、一度見てみたいと言うので連れてきたのだった。まさに、掃き溜《だ》めに鶴《つる》といった感じだった。

カウンターにふたりで座ると、ビールを注文した。

「またしてもスクープ。おめでとう」

香山恵理子は言った。

「まあ、ついてたんだよ」

「勘？」

「何が？」

「誰も気にしなかったホステス殺しにやけにこだわっていたって……」

「若い女の子が殺されたんで、なんだかやるせない気分だったんだよ。きっと将来の夢とかもいっぱいあったんじゃないか、なんて勝手に考えちゃって……。ほんと、それだけ」

「朝霞勇次のこと、疑わなかった？」

「もてるやつって、いろいろと損する部分もあるからね。みんな、一枚フィルターをかけて見るだろ」

「もてる男の気持ちがわかるということかしら？」

「他人の気持ちなんてわかりゃしない。でも、それが想像できなくなったら、記者なんてやめたほうがいいと思う」

突然、店の奥のほうから声がした。

「やあ、どうも、どうも……」

東都新聞の持田が近寄ってきた。「布施ちゃん、きょうはまたえらい美人をお連れで……。あ、知ってます。キャスターの香山恵理子さんでしょう？　僕、東都新聞の持田といいます。いや、布施ちゃん。ホステス殺し、二転三転だったじゃない。やっぱり何かつかんでたんだ。まいったね、どうも……」

香山恵理子は、布施に耳打ちした。

「この人、もてる男とは程遠い気がするわね……」

布施が言った。

「こいつの気持ちだけはどうも想像したくないいんだよ」

第七章　渋谷コネクション

1

「おじさん、ここ、よく使うの？」

まだ、あどけなさの残る声が、電話の向こうから聞こえてきた。間島憲久《まじまのりひさ》は緊張していた。

同じテレクラに何度も電話し、ひとりの少女を探していた。その少女がよくそのテレクラを利用していることを、間島憲久は知っていた。そして、ようやくビンゴを引き当てたのだ。そのための緊張だった。

彼女は、電話がつながるとほどなく、リナと名乗った。もちろん偽名だ。

間島は、緊張が声に出ないように気をつけながら言った。

「たまにな。若い子とおしゃべりがしたくなることもある」

「おしゃべりだけ？」

「まあ、いろいろとな」

「いろいろね……」

「どうだ？　会ってみないか？」

「そうだなあ……。おじさん、なかなか面白そうだから、会ってもいいかな……」

「どこへでも出ていくよ」

「じゃ、渋谷。１０９の前」

「何時だ？」

「十一時」

「遅いな……」

「えー、宵の口じゃん」

「わかった。服装を教えてくれ」

「おじさんの服装を教えてよ。こっちから声掛けるからさ」

間島は言われたとおりにして電話を切った。

茶色のコーデュロイのジャケットにオフホワイトの綿のパンツ。それがリナという少女に伝えた服装だ。春とはいえ、夜はまだ冷え込む。その恰好で、じっと立っているのは辛《つら》かった。

すでに十一時を十五分も過ぎている。

周囲に女子高校生らしい人物の姿はない。リナは、都内の私立高校に通う女子高生だということだった。

(すっぽかされたか……)

間島がそう心の中でつぶやいたとき、ひとりの女性が近づいてきた。黒いスーツを着ている。ミニのタイトスカートからは、長い形のいい脚が伸びている。

長い髪の一部を茶色に脱色していた。しっかりと化粧をしている。ちょっと見たところでは二十二、三歳ほどに見える。彫りが深く、目鼻だちがはっきりとした美人だ。

「間島さん?」

「そうだが……」

間島は警戒した。

相手の女は、笑い出した。その笑い方が妙に子供じみていた。

「ちゃんと会いに来たのに、うれしくないの?」

「じゃあ、君がリナか?」

「そうよ」

あらためてリナを見つめると、その笑顔が驚くほどあどけなく見えた。化粧を落とすと、まだ幼さが残っているに違いない。その笑顔はアイドルとしても通用するほど愛らしかった。

「いやあ……。とても高校生には見えなかったもんでな……」

「制服で来るとでも思ったの？　そんなわけないじゃん。さ、どこ行く？」

「どこでも、好きなところへ」

「あたし、いきなりホテルなんてやだよ。カラオケ行こうよ」

「いいよ。案内してくれ」

リナが歩き出した。その後に続こうとして、間島は立ち止まった。リナと間島の行く手を遮るように複数の若者が立っていた。

まだ、二十歳前に見える。誰もが、だぶだぶのズボンをはいている。足元はナイキのスニーカーだ。

全部で五人いた。そのうち、三人が長髪だった。若者の言葉でロンゲというやつだ。短い髪のふたりは、髪を金色と茶色に染めていた。

「何だ、おまえら……」

間島は言った。一番前にいる長髪の少年が言った。

「オッサン、そういうことしていいと思ってんのかよ」

「何だ、そういうことって？」

「とぼけんなよ。これって、援助交際だろう？」

間島は、リナを見た。

「おまえの知り合いか？」

リナは心底腹を立てた様子で言った。

「知らないよ、こんなやつ」

「ばかやろう。美人局《つつもたせ》じゃねえんだよ。俺たちは、おまえみたいな薄汚いオッサンを退治するんだ。正義の味方なんだよ」

「俺たちは、ただここで待ち合わせして遊びに行くだけだ」

「見りゃわかるんだよ。どうせテレクラかなんかで待ち合わせしたんだろう？　金で若い女とやろうなんて、きたねえんだよ」

間島は猛然と腹が立ってきた。リナと接触するためにどれくらいの時間を費やしただろう。それが、ストリート・ギャング気取りのガキどものせいで無駄になろうとしている。間島は、自分を抑えきれなくなり、一番前にいる少年に殴り掛かった。

少年は、喧嘩《けんか》慣れしているようだった。間島のパンチをかわすために体を開くと、右手をさっと振った。

間島の膝《ひざ》に衝撃が走った。それが、次の瞬間にすさまじい痛みに変わっていく。

間島は、膝を押さえてうずくまった。

少年は、伸縮式の特殊警棒を持っていた。それで膝を一撃されたのだ。それを合図に、少年たちが一斉に攻撃を始めた。

間島は五人の少年に取り囲まれた。少年たちは皆、何かの武器を持っていた。鉄パイプに短く切ったバット……。それが、次々に振り下ろされる。間島は、頭を抱えて体を丸めることしかできなかった。

全身に痛みを感じる。そのうち、それが痛みではなくなってきた。ひどくいらいらする重いだるさになり、そのだるさの中を衝撃が走り抜けていく。

意識が遠のいていく。薄れゆく意識の中で、誰かの怒号が聞こえた。その瞬間に、衝撃がなくなった。

すぐ近くを行き来する慌ただしい足音。何かが起こったようだった。

間島は、目を開けた。アスファルトの地面が見える。そのアスファルトの上で、何者かがもみ合っていた。

さらに駆けつける足音。そして、すぐ近くでサイレンが聞こえた。

間島は、誰かに声を掛けられた。ひどく眠いときに揺り起こされているような気分だった。目をつむりたい。だが、相手はそれを許そうとしない。揺れる視界の中で、警官の制服が見えた。

直後に、間島は意識を失った。

シュウは、ふたりの私服に一番先に気がついた。特殊警棒での一撃のあと、中年男に対する攻撃を仲間に任せていたせいだ。

そのとき、シュウは、中年男より、その男と待ち合わせしていた少女に関心を持っていた。少女は逃げようとしていた。シュウは、彼女が逃げるより早く駆け寄って腕をつかまえていた。

「何すんだよ。放せよ！」

少女が抗《あらが》った。シュウは、怒りと欲望を区別できないような状態だった。暴力の快感と、性的な欲望が激流となって混じり合った。シュウは喚《わめ》いた。

「うるせえ。援助交際するようなコギャルは、オヤジといっしょに狩ることにしてんだ。こっち来いよ」

「放せ、ばかやろう。てめえ、こんなことすると、殺されるぞ！」

少女が叫んだ。そのとき、ふたりの私服が駆けてきた。シュウは、大声で仲間に知らせた。だが、仲間は中年男を袋叩きにすることに熱中している。暴力のどす黒い快感に前後を忘れている。

シュウがもう一度「マッポだ」と叫んだとき、さらに制服を着た外勤の警官が三人駆け寄ってきた。宇田川《うだがわ》交番から応援が来たのだ。

「くそっ」

シュウは、少女の手を引っ張って走り出した。道玄坂《どうげんざか》を駆け抜け、裏道に入った。パトカーのサイレンも聞こえてきた。

「放せってんだろう」

少女が喚いた。

「うるせえ！　捕まりてえのか！」

警察のしつこさは、嫌というほど知っていた。このところ、オヤジ狩りが社会問題化しているせいもあり、警察は以前よりよけいにシュウたちのようなチーマーに厳しくなった。

道玄坂から一歩裏道に入ると、そこはラブホテル街だった。シュウは、咄嗟《とっさ》に脇のラブホテルに飛び込んだ。少女は、抵抗しようとしたが、シュウの勢いには勝てなかった。

シュウはベッドに腰掛け、所在なげにしている。

部屋に逃げ込むと、激情が一気に冷めてしまったのだ。少女は冷蔵庫を物色している。

シュウは、沈黙に耐えかね、おずおずと言った。

「おまえ、名前なんてえんだ？」

「リナ。そう呼ばれている」

リナは、缶ビールを取り出し、勝手に飲みはじめた。

シュウは、顔を動かさず、上目遣いにリナを見た。リナは、十人の男のうち間違いなく十人が振り返りたくなるほどの少女だった。はっきりとした顔だちだ。

美しいのは顔だけではなかった。真っ直ぐにすらりと伸びた脚。腰と胸は肉感的だ。

シュウはなんだか切なくなってきた。

「あんた、あたしのこと、狩るって言ってたね？」

「俺、金のためにオヤジを狩ってるわけじゃねえ。許せねえんだよ。むかついてよ。オヤジに体売るやつは、同罪だって思ってるよ……」

「あたしと寝たいの？」

「そんなんじゃねえよ……」

「あんたたちって、本当にひとりじゃ何にもできないんだね。みんなでいるときは威勢いいのにさ。ひとりになると、からっきしいくじがない」

「そんなことねえよ……」

「お金くれたら抱けるよ。三万でいいよ」

シュウのやるせなさが募った。

「そういうこと言うなよ……」

「蒼臭《あおくさ》いわね。だから若い子は嫌なのよ」

リナは、ハンドバッグの中から小さな包みを取り出した。アルミ箔《はく》で何かをくるんである。アルミ箔を開き、それを皿状にした。その上に何かを載せてライターで炙《あぶ》りはじめた。

シュウはその様子をじっと見つめていた。かすかな煙が立ちのぼり、リナはそれを吸いはじめた。

「それ、スピードかよ？」

リナにかすかな変化が表れた。表情からとげとげしさが消えていく。

「欲しけりゃ売ってやるよ。グラム一万だよ」

「ちっ……。いらねえよ」

「むかついたときは、いつもやるんだ」

リナはさらに煙を深々と吸い込んだ。シュウは目をそらした。彼は、大人に対しては常に怒っており、手のつけられないほどの凶暴性を見せる。

だが、同年代の少年少女の前では、不思議なほどおとなしい少年だった。顔を使い分けているわけではない。それが彼にとって自然なのだ。彼は、常に苛立《いらだ》ちを感じている。それは、すべて大人のせいだと感じている。

考えているのではない。感じていることが問題なのだ。感覚で大人を憎んでいるからこそ、その憎しみをどうすることもできないのだった。

「なんだか欲しくなってきた……」

リナの声が聞こえてきた。その声は媚《こ》びを含んでいるような気がした。シュウはどうしていいかわからずじっとしていた。

「今から客ひっかけるのもかったるいし……。ねえ、特別、ただでやらせてあげるよ」

リナはビールをあおった。喉《のど》が渇くらしい。シュウは、そっとリナをうかがった。リナは、上着を脱ぎはじめていた。スーツの下には絹のアンダーウエアを着ていた。その胸の部分がぴっちりと張っている。

シュウは吸いよせられるようにリナに抱きついた。信じがたいくらいにどこもかしこも柔らかく感じられた。

頭に血が昇り、周囲の景色がぼんやりとしている。ジバンシーの香水がシュウの血をさらに熱くさせた。夢中でリナが身につけているものをはぎ取っていった。自分の服もむしり取る。

リナの体全体が熱を帯びてしっとりとした感じになってくる。シュウはその感触を全ての感覚で吸収しようとしていた。

痛いくらいに勃起《ぼっき》したものをリナに挿入する。とたんに、ぬめぬめとした甘い感触に包まれた。どんなものにも代えがたい感覚だ。シュウは自分が自分でなくなっていくような不安さえ覚えた。それほどの快感だった。

リナも声を上げていた。彼女が腰を動かすたびに、シュウは耐えがたいほどの快感を覚える。シュウも夢中で腰を動かしていた。

接合した部分から灼熱《しゃくねつ》の甘美な波が次々と押し寄せてくる。シュウは自分で自分の動きが止められなくなっていた。激しく体を動かし続ける。やがてピークがやってきた。シュウは思わず声を洩《も》らしていた。果てたあとも快感が長く続いた。こんなセックスは初めてだった。

シャワーを浴びると、リナは手早く身支度を始めた。

「どうしたんだよ？」

シュウが尋ねた。

「夜は短いの。ぐずぐずしてられない」

「援助交際なんてやめろよ。俺の女になれよ。楽しめるぜ」

リナは、あきれたようにシュウを見た。

「援助交際？　ばかじゃないの。セックスは趣味よ。あたしの本職はこっちよ」

バッグの中からビニールの袋を取り出した。それには、何種類かの錠剤が入っている。

「その気になれば、コークやチョコレートも手に入るわ。あたし、お金のない人には用はないの」

「本職って、おまえ……」

「売らなきゃならないんだ。いつの間にかこうなっていたの。あんたとは世界が違うんだよ」

「それ、ヤバいよ……」

「今さらどうしようもないじゃん。あたしも薬、切れるのやだし」

「やめろよ、そういうの。俺にできることなら何でもするからよ。な、また会おうぜ。ケイタイの番号、教えろよ」

「あたし、商売相手にしかケイタイ、教えないんだ」

「いいから、教えろよ。また会いたいんだよ」

「チームの人にS《エス》とか売ってくれる？」

「わかったよ。おまえがまた会ってくれるってんなら、Sでも何でも売るよ」

リナはかすかに笑った。勝ち誇ったような笑みだった。

2

ＴＢＮ報道局内にある『ニュース・イレブン』のテーブルには、すでにキャスターの鳥飼行雄と香山恵理子が顔をそろえていた。

デスクの鳩村昭夫は、その日最初の項目表を配り、説明に入ろうとしていた。そこへ、布施京一がやってきた。ジーパンにセーターを着ている。長めの髪には寝癖があった。胸に社員証を付けていなければ、報道局の記者には見えない。

鳩村デスクは、まず布施の顔を睨《にら》み、それから時計を睨んだ。無言の叱責《しっせき》だった。会議の時間に五分遅刻していた。

布施は鳩村の目つきをあっさりと無視した。予定項目表を手に取り、むっつりとした表情で眺める。彼は報道局に入ってきてから一言も口をきかなかった。

「二日酔い？」

女性キャスターの香山恵理子が尋ねた。布施は眼だけを上げて香山恵理子を見た。

「まあ、そんなところですかね……」

キャスターの鳥飼行雄が言う。

「なんだか機嫌悪いな」

「ちょっと、考え事してたんですよ」

「考え事だと？」

鳩村デスクが言った。「どうせろくなことじゃあるまい」

布施は項目表に眼を落として言った。

「このフリーライターがオヤジ狩りに遭ったという件、やっぱり流すんですね？」

「もちろんだ」

「フリーライターは、被害者です。実名は出さないんでしょう」

「出さない」

「でも……」

香山恵理子が言った。「その被害者、テレクラで少女を呼び出したところを襲われたんでしょう？　援助交際が目的だったと捜査当局では見ているらしいわ。何らかの追及がされてしかるべきよね」

「しかしな。あくまでも被害者だ」

鳩村は言った。「それに、援助交際が目的だったにしても、実際にはまだやっていなかったわけだ」

「過去にはやっていたかもしれないわ」

「買春の罪は、証明するのが難しい」

鳩村が説明した。「したがって多くの場合、現行犯ということになる。被害者のフリーライターは罪には問われないよ」

「相手が十八歳未満だったら、淫行条例にひっかかるはずよ」

「その場合も同じ。現行犯でなけりゃ警察は手が出せない」

「でも、援助交際の場合、女性の側だけを問題にするのはおかしいわ。金を出す大人がいなければ援助交際は成立しないんですからね。大人の側にも社会的制裁があって当然じゃない？」

「実名を出せというのか？」

「彼女はそうは言っていない」

鳥飼行雄が言った。「今後、特集を組むなり、被害者を追っ掛けるなりして、問題を掘り下げようと言ってるんだ」

「それは報道局全体で検討している。『ニュース・イレブン』でも何らかの形で追及することになるだろう」

「俺、しばらく、姿を消すかもしれません……」

突然、布施が言った。

三人は一斉に布施に注目した。

「姿を消す？」

鳩村が何事か考えながら言った。「潜入取材ということか？」

「部内者にも内緒です」

布施は立ち上がった。「それだけ、言いに来たんです。じゃ……」

「ちょっと待て、おい……」

鳩村デスクが呼びかけたが、布施は振り向きもしなかった。

「布施ちゃん、待ってよ」

廊下に出た布施を香山恵理子が追ってきた。オンエアまで時間があるので、まだコットンパンツにセーターというラフな恰好をしている。

「潜入取材って、オヤジ狩りに関係あるの？」

「ノーコメント」

「そうなのね？　項目表を見て、真っ先にあなた、オヤジ狩りのことを話題にしたのよ」

「俺もテレクラ、やってみようかなと思ってね」

「何を探ろうっていうの？」

「あいつ、援助交際をするようなやつじゃないんだ」

「女の子？　その子はその場から逃げて結局、身元がわかっていないというじゃない」

「女の子のほうじゃない。オヤジ狩りの被害者のほうさ」

「知ってるの？」

「何度か飲んだことがある」

「あなたの顔の広さには恐れ入るわね」

「間島憲久っていうんだ。かつて、日本新報社の記者をやっていた。その頃に知り合ったんだ」

「どんな人だって、魔が差すことはあるでしょう？」

「最後に会ったとき、間島は、ドラッグのネタを追っ掛けていると言っていた。今、ドラッグといえば……？」

「イラン人に高校生……。覚醒剤《かくせいざい》事犯の検挙数はここ二年連続で増加している。去年は、史上最高だったわ。特徴は、イラン人検挙者の増加が目立っていること。そして、高校生の検挙者は、二年前の五倍になっている。そういう発表があったばかりだわ」

「ドラッグを追っ掛けているフリーのジャーナリストが、今関心を持つとしたら、何だと思う？」

香山恵理子は、よく光る眼でじっと布施を見つめた。

「あ、そういう眼で見つめられると、誤解しちゃうな……」

「間島さんという人がテレクラで呼び出した少女が、覚醒剤に関係していたということ？」

布施は、かすかに笑った。

「でなけりゃ、あいつがテレクラで女の子つかまえたりしないって」

「危険な取材を考えているのね？」

「なに、どうってことないよ。俺、これから病院へ行ってくる」

「病院？」

「間島が入院しているんでね。見舞いにでも行こうと思って」

「しばらく姿を消すと言ったのは？」

「そう言っておけば、会議に出なくて済むだろう？」

布施はエレベーターに向かった。


どこか釈然としない気分で、香山恵理子は報道局に戻った。これからカンパケのVTRをチェックしなければならない。

報道局の一階下に特設されたスタジオの副調整室で鳥飼行雄が待っていた。

「知ってるか？」

香山恵理子がとなりに腰を下ろすと、鳥飼行雄が言った。

「なあに？」

鳥飼行雄は、周囲を見回してそっと言った。

「布施ちゃん、ヘッドハンティングらしいよ」

「引き抜かれるっていうの？」

「噂《うわさ》だ。あくまで噂だけど……。布施ちゃんくらいの実績がありゃあなあ……」

「どこが引き抜きに来ているの？」

「詳しい話は知らない。何でも、CSのニュース専門局らしい」

「何も言ってなかったわよ」

「局内で言えますか、そんなこと。だが、ちょっと様子がおかしかっただろう？　そのせいじゃないかと思って……。これまでにずいぶんスクープを抜いているのに、鳩村は取材のやり方がどうの、普段の態度がどうのとうるさいことを言う。布施ちゃんはもう腹を決めているかもしれないな」

「確かに様子がおかしかった。でも、それは緊張のせいかと思っていたわ」

「緊張？」

鳥飼行雄は笑った。「布施ちゃんが？」

「そう。らしくないでしょう。だから気になったの。ドラッグが高校生に蔓延《まんえん》しているでしょう？　その辺のことを取材するらしいんだけど……」

「ドラッグか……。布施ちゃんのことだから、通り一遍の取材じゃないな。かなり危険かもしれない」

「だから緊張していたのよ」

鳥飼行雄は、ひとつ大きな溜《た》め息をついた。

「その取材結果を、『ニュース・イレブン』に持ってくるかどうかわからんぞ」

「どういうこと？」

「移籍するに当たって、布施ちゃんだって手土産が欲しいだろう」

香山恵理子はそれを聞いて唇を嚙《か》んだ。

3

病院のベッドで、包帯だらけで横たわる間島を見て、布施はかぶりを振った。

「なんとも、ひどいありさまだね」

「見た目ほど悪くはないんだ」

間島は言ってから、顔をしかめた。どこかが痛んだようだった。「肋骨《ろっこつ》が二本折れ、右の肘《ひじ》にひびが入っている。左の前腕部が骨折。あとは打撲だ」

「充分悪いと思うけどな」

「修羅場をくぐらなきゃ、フリーはやってけないんだ」

「テレクラで呼び出した女の子って、ドラッグの売人かい？」

間島は、驚いた顔で布施を見た。だが、すぐにそれが間違いだったと気づいて表情を閉ざした。

「何のこった、そりゃあ？」

「間島さん、いくつになる？」

「ああ？　今年で三十五歳だが……」

「いい生き方をしてきたんだね」

「何だ？」

「その年になっても、隠し事ができない」

間島は苦い顔をした。

「そのせいで女に振られてばかりいる。おかげでまだ独身だ。おまえ、どこでそれを聞いた？」

「推理しただけだよ。間島さん、ドラッグのネタを追っていると言っていた。フリーランスが今時、追っ掛けたくなるネタといったら、少年少女の麻薬汚染と外国人だ。そして、間島さん、テレクラで女の子を呼び出した……」

「フリーはおいしいネタを他人に話したら終わりなんだ」

「なんだか、間島さんの汚名を晴らしたい気分なんだけどな」

「汚名？」

「このままじゃ、援助交際をやろうとした、ただのテレクラおじさんだよ」

「別に俺はかまわない」

「ほらまた……」

「何だ？」

「嘘《うそ》がへただ」

間島は、舌打ちをした。

「まあ、どうせ俺は、このありさまだ。悔しいが当分動けない。その間に、事態はどんどん動いていく。せっかくこれまで取材したことを無駄にはしたくない」

「俺、間島さんの手柄を横取りしたいなんて思ってないよ。テレビと活字じゃ役割が違う」

「女の子、興味があるんだろう？」

「ある」

「布施ちゃん、弱い者の味方だからな」

「女の子の味方なの」

「不思議だな。他のマスコミ関係者には絶対に話さないだろうが、布施ちゃんになら話してもいいような気がしてくる」

「人徳ですかね」

「俺は、もともと南米ルートのドラッグを追っ掛けていたんだ。アメリカが麻薬戦争宣言をしてアメリカ国内とコロンビアのカルテルに大打撃を与えた。以来、南米のカルテルは深く地下に潜り、世界各国に根を伸ばしたと言われている。日本は彼らにとって実においしいマーケットだ」

「そのくらいの予備知識は持ってますよ」

「ペルーの日本大使館占拠で南米の武装ゲリラが話題になったな。南米ルートのドラッグの上がりは、そうしたゲリラにも流れているらしい」

「へえ……」

「日本で南米ルートのドラッグを扱うのは、新大久保あたりにたむろしている娼婦《しょうふ》と組んだ外国人。主にイラン人だ」

「南米のやつらとイラン人が手を組んでいるということ？」

「手を組むというより、純粋に商売上の関係だね。やつらにとって何より大切なのが金だ。知ってるか？　日本の裏社会では、イラン人とイスラエル系の人間が手を組むこともある。アラブとイスラエルが日本で手を組んでいるんだ」

「ああ、ユダヤ系のテキヤ筋でしょう」

「そうだ。ユダヤ系のテキヤはあまり知られていないが、日本では歴史が長い。道端でよく見かける露天商だ」

「それで、間島さんがテレクラで呼び出した女の子ってのは？」

「リナ。そう呼ばれている。偽名だろうがね。いいか、これはとっておきのネタだったんだ。それを話してやるんだぞ」

「ありがたく思いますよ、ほんと、情報を無駄にはしませんて」

4

警視庁刑事部捜査一課の黒田裕介部長刑事は、普段よりさらに不機嫌そうな顔をしていた。若い刑事をひとり連れて入院中の間島のもとを訪れたときは、どちらが患者かわからないような顔色をしていた。

黒田は、警察手帳を提示して名乗ると一枚の写真を取り出した。

「この写真の人物に心当たりがありますか？」

間島は、写真を見つめた。

「忘れるはずはない。最初に特殊警棒で俺の膝を殴ったやつだ。リーダー格だよ。捕まったのかい？」

黒田は写真を回収すると、ぶっきらぼうに言った。

「いいえ。死体で発見されました」

「死体で発見された？　どこで？」

黒田は間島の質問にこたえようとしなかった。

「あなたを襲撃した人物に間違いありませんね？」

「間違いない」

黒田は、病室を出ていこうとした。

「ちょっと待ってくれ」

間島は慌てて言った。「どういうことなのか説明してくれてもいいだろう」

「あんたが何も話してくれないのだから、こちらも話す義理はない」

黒田部長刑事の口調はひどく冷たかった。苛立っているようでもあった。

「話すも何も……。俺はテレクラで女の子をひっかけた。待ち合わせしたところをチーマーどもに襲われた。それだけだよ」

「それだけ……？　いいだろう。あんたを襲った少年は、死体で発見された。それだけだ」

黒田は出口に向かった。

「何が聞きたいんだ？」

間島は、どういうことになっているのか知りたいので、妥協することにした。

「事の顛末《てんまつ》を洗いざらいだ。なぜ、あんたを襲ったやつが死んじまったのか。俺はそのあたりのことを知りたいわけだ」

「俺は何も知らないよ」

「あんた、フリーのジャーナリストだってな。何を追っ掛けてた？」

「それと事件と何か関係あるのか？」

「あるかもしれないし、ないかもしれない。質問にこたえてくれないなら、俺は帰る。これでも忙しい身なんだ」

「話すよ。別に隠すほどのことじゃない。俺はドラッグについて調べていた」

黒田は、無表情に間島を眺めている。だが、その頭の中は目まぐるしく回転しているようだった。

「覚醒剤が高校生のガキどもの間に蔓延している。今やそいつは社会問題だ。俺がジャーナリストなら、コギャルをつかまえて話を聞こうとするだろうな……。テレクラか何かでとっつかまえてな……」

「そのとおりだよ。俺は、今、あんたが言ったとおりのことをしようとした」

「何という名前だ？」

「え？」

「相手の女の子だよ」

「リナ。本名は知らない」

「どうしてその子に決めたんだ？」

「たまたまだよ。会ってくれるって言ったんでな」

「電話で覚醒剤の話をしたのか？」

「怪しまれちゃ、元も子もない。電話では当たり障《さわ》りのない話しかしてないよ」

「妙だな……」

「何が？」

「相手は覚醒剤をやっているかどうかわからない。それなのに会おうとしたのか？」

「リナがやってなくても、友達がやっているかもしれない。取材というのはそういうふうに進めるもんだ」

「警察をなめてもらっちゃ困るな」

「どういうことだ？」

「あんたはあくまで暴行傷害の被害者だ。だが、嘘をついたり隠し事をしたりすると警察は味方でいるとは限らない。引っぱたいて埃《ほこり》を出すこともできる」

「叩いてみればいいさ。埃なんぞ出やしない」

「生活安全部というのは、なかなか情報収集に熱心でね。麻薬・覚醒剤に何らかの関わりのある人間はかなりの数リストアップされている。生安部にリナのことを知っている人間がいたら、俺はあんたがリナのことを知っていて隠していたと判断する。そのときは、俺はあんたの敵に回るかもしれない」

　間島はかぶりを振ろうとして、脇腹の痛みのために思わず顔をしかめた。彼は、刑事に対抗することの無意味さを悟ったようだった。

「リナという女の子が、覚醒剤や麻薬を売っているという噂があった。テレクラで知り合った人にセックスとドラッグを売る。俺は、長い間、その噂の主を探していた」

「最初からそうやって話してくれると手間が省けたんだがな……」

「大切な飯の種だ。できれば話したくなかったよ」

「リナについて、名前のほかに知っていることは？」

「都内の有名私立高校に通っているらしい。どこの高校かは知らない。会って驚いたが、とびきりの美人だよ。おそらく、外国人の血が混じってるんじゃないかな。そんな感じの顔だちだ。長い髪。茶色のメッシュが入っていた」

「メッシュ？」

「髪の一部を染めたり脱色したりすることだ。つまり、髪に茶色の筋が入っているわけだ」

若い刑事がクリップボード付きのルーズリーフを開いてメモを取っている。黒田はその様子を確認すると、言った。

「ほかに知ってることは？」

「これから取材しようってときに襲われたんだ。ほとんど知らないよ」

「リナのことを知ってそうなやつに心当たりは？」

「まだない。取材は始まったばかりだったんだ。ただ、決まったドラッグの供給源があるに違いない。俺はそれが、南米ルートだと睨んでいる」

「なぜ南米ルートだと思うんだ？」

「コカインだ。彼女に言えば、コカインも手に入るという噂だ」

黒田はうなずいた。

背を向けると彼は言った。

「ゆっくり休んで傷を早く治すことだな」

「おい、待てよ。死んだチーマーのことを教えてくれよ」

黒田は病室を出ていった。

「くそっ」

彼はうめきながら、なんとか起き上がった。ベッドから降りようとすると、全身の傷が一斉に抗議しはじめた。脇腹の傷が痛んで息をするのもままならない。幸い、脚部に骨折はなかったが、ひどい打撲だらけで一歩進むのにも不自由した。三角巾《きん》で左手を吊っている上に右手の肘にもひびが入っていた。

だが、彼は病室の外にある公衆電話のところまで行かずにはいられなかった。携帯電話を持っているが、医療機器に障害を与える恐れがあるため、病院内では使用を禁止されていた。

テレホンカードを差し込み、番号を押す。０３０で始まる携帯電話の番号だった。つながってくれと祈った。呼び出し音が鳴り、相手が出たときは、ここまで来る苦労が無駄にならなかったと思い、ほっとした。

「はい、布施ですけど」

電話の向こうで寝ぼけたような声が聞こえた。


布施は、間島から電話があった日の夜、警視庁に設けられた『チーマー殺人・および死体遺棄事件』と書かれた捜査本部の出入口にやってきていた。ほかにも数人の記者がいる。記者たちは、何か情報が洩れてこないかと待ち受けているのだ。

その中に東都新聞の持田がいて、布施に声を掛けてきた。

「やあ、布施ちゃん。どう、最近？」

「別に……。変わりませんよ」

持田は身を寄せ、声を落として言った。

「聞いたよ。ヘッドハンティングに遭ってるんだって？」

「耳が早いね」

「記者だからね。年俸制だって？　条件いいらしいじゃない」

「そうかね」

「で、どうすんの？　移るの？」

「どうでしょうね……」

「そんな他人事みたいに……」

布施は、捜査本部の出入口から出てきた刑事に声を掛けた。

「黒田さん、ちょっといい？」

「ノーコメントだ」

「リナのこと、何かわかった？」

黒田は立ち止まり、布施を睨んだ。

「俺は帰るところだ。だが、一杯やらないと眠れそうにない」

「俺もちょうど、引き揚げて飲みに出掛けようと思っていたところなんですよ」

「おまえがどこに飲みに行こうと俺の知ったこっちゃない」

黒田はさっさと歩き去った。布施はその後に続いた。

「あ、布施ちゃん。ちょっと待ってよ」

持田がふたりの後を追おうとした。

「ストップ」

布施が言った。「あんた、捜査本部から離れていいのかい？」

「黒田さんと何か話をするんだろう？」

「聞いてなかったの？　黒田さんは帰るところだ。俺も引き揚げる。それだけのことだよ。じゃあね」

布施は、躊躇《ちゅうちょ》している持田を残してエレベーターに向かった。

十五分後、布施と黒田は、平河町の『かめ吉』の奥のテーブルで向かい合っていた。

「リナの話、どこで聞いた？」

黒田は布施を睨み付けて言った。布施は平然とビールを飲み干してこたえた。

「黒田さん、間島のところへ行ったでしょう？　間島は友達なんだ」

「ジャーナリストの横のつながりというわけか。どこまで知ってる？」

「たぶん、黒田さんが知ってる以上のことは知らないですよ」

「ふん……」

「どうして警察はリナのことを気にするんですか？」

「間島を襲撃したあと、殺された幡野修一《はたのしゅういち》とリナという娘がいっしょに逃げた。渋谷署外勤の警官がはっきりと見ている」

「幡野修一は、通称シュウと呼ばれていて、チームのリーダー格だったんでしたね？」

「記者会見で発表したとおりだよ」

「その死体が、東京都との県境に近い山梨県の山中で発見されたわけですね。惨殺死体で……」

「ひでえもんだったよ。顔は見分けがつかないほど腫《は》れ上がっていた。歯も折れてるし、鼻もつぶれている。指も何本か折れていたし、体中に打撲のあとがある。その上、体中に刺し傷がある。刺し傷の数は五十にも及ぶ」

「リンチを受けた上になぶり殺しにされたというわけですね」

「それだけじゃない。記者会見では発表しなかったが、ペニスをちょん切られ、口の中に突っ込まれていた」

「やり方が日本人離れしてますね」

「俺たちもそう見ている。南米系のマフィアのやり口だと言う専門家もいる」

「なるほど……。ドラッグを売るリナといっしょに消えた幡野修一が、南米系のマフィアに惨殺された……」

「そうと決まったわけじゃない。そういう筋も成り立つという話だ」

「つまり、ドラッグの売買を巡るトラブル？」

「それだけじゃ、あんな殺され方はしないだろう。あれは、何かの見せしめだ。例えば、ボスの女を奪ったとか……」

「それが、リナだったと……？」

「その可能性はあるな。リナってのは、ずいぶんと別嬪《べっぴん》だったそうじゃないか」

「らしいですね」

「コロンビアあたりの大物の女だとしたら、ドラッグの供給源の説明もつく……」

「なるほど……」

「なあ……」

「何です？」

「リナってのは、有名私立高校に通っているそうだ」

「ええ」

「なんでそんな子が、ドラッグを売ったり、マフィアの情婦になったりしなきゃならんのだ？」

「さあね……」

「麻薬・覚醒剤の使用は犯罪だ。売買となれば重罪だぞ。どうして、高校生がそんな真似をするんだ？」

「罪の意識が薄いんでしょうね。覚醒剤なんて、友達がやるからやる、みたいなノリなんですよ」

「将来を棒に振っちまうことを恐ろしいとは考えないのか？」

「今の若い子は将来のことなんて、あまり考えてませんよ。先のことを考えると暗い気分になるんでしょう」

「俺たちだって、若い頃は将来についての不安はあった」

「そんなのとは質的に違いますね。将来の夢が持てないんですよ。どうしたって、世の中よくなりそうにない。大人は世の中に絶望している。その絶望を子供たちは敏感に感じ取るのかもしれませんね。それで、どうしても刹那《せつな》的になる」

「誰がこんな国にしちまったんだろうな」

「俺たちでしょう？」

布施はあっさりと言った。黒田は布施の顔をしげしげと眺めてから、ビールを一気にあおった。


「ねえ、布施ちゃんが追っ掛けているネタ、間違いなく『ニュース・イレブン』に持ってくる方法があるわ」

香山恵理子が、キャスターの鳥飼行雄に言った。ふたりは社員食堂で食事をしていた。鳥飼行雄はラーメンをすくい上げた箸《はし》を止め、香山恵理子の顔を見た。

「どんな方法だ？」

「あたしが布施ちゃんの取材に付き合うの。誰かのインタビューでもいい。現場の中継でもいい。コメントでもいい。映像の中にあたしがいれば、『ニュース・イレブン』で使うしかないわ」

「だめだ。危険だよ。だが、発想は悪くない。他局のキャスターで、取材に出ている人は珍しくはない。そいつは、私がやろう」

香山恵理子は、笑った。知的で冷ややかな印象があるが、笑うと大きなえくぼができて印象が一変する。

「あたしのアイディアよ。横取りしないでほしいですね」

「なるほど……」

鳥飼行雄は食事を再開した。「野心というわけか」

「そう。ただスタジオでニュースを読んでいるだけでは満足できなくなってきたの」

「だが、君は記者じゃない。取材のノウハウも知らない」

「学ぶわ」

「私は布施ちゃんが好きだ。数々のスクープを番組にもたらしてくれていることにも感謝している。だが、彼が理想的な記者かと訊《き》かれたら、やはり首を横に振るだろう。あいつはすれすれのところで取材している」

「実績は実績よ」

「つまり、私が言いたいのは、彼の取材は危険だということだ。それに付き合う君にだって、当然危険がつきまとう」

「ジャーナリストよ。覚悟の上だわ」

「君はジャーナリストじゃない。ただのニュースキャスターだ」

「ならば、ジャーナリストになるわ。あたしの番組への貢献は、ミニスカートと脚だけだと言われるのはもうたくさん」

鳥飼行雄は目を丸くした。

「誰がそんなこと言ったんだ？」

「局内でも口の悪い人は言っているわ。あたし、局アナじゃないから、風当たりが強いのよ」

「そんな陰口は気にすることはない」

「勘違いしないで。あたしの脚が視聴率に貢献しているのだとすれば、女として誇らしいことよ。でも、キャスターとしては納得いかない。もっと、ニュースに食い込んでいきたいのよ」

鳥飼行雄はしばらく考えた後に、箸を置いた。

「しょうがない。君が言い出したらきかないことは知っている」

彼は重苦しい口調で言った。「鳩村に話してみよう」

鳩村デスクは、香山恵理子の申し出をすぐさま却下しようとした。

「これは、『ニュース・イレブン』にとっても悪くない話だと思う」

鳥飼行雄が言った。「香山くんの株が上がれば、『ニュース・イレブン』の評価も上がる」

「しかしですね。キャスターが外に出ていく必要がどこにあるんです？」

鳩村はうんと言おうとはしなかった。

香山恵理子は言った。

「許可してくれなかったら、あたしは、布施ちゃんといっしょにCSのニュース局に移籍します」

「何だ、それは……」

鳩村デスクは口を半開きにして香山恵理子を見つめた。鳥飼行雄が説明した。

「布施ちゃんは、ヘッドハンティングに遭っているようだ。引き抜かれるっていう噂があるんだよ」

「だからって、香山くんが……」

「あたしは本気よ。事務所に話すわ」

香山恵理子はテーブルの上にあった電話に手を伸ばした。

「待て」

鳩村が言った。

「じゃあ、認めてくれる？」

「ふたりがその気なら仕方がないだろう。しかし、布施の件は本当なんですか？」

「詳しくは知らない。あくまでも噂だ」

香山恵理子は言った。

「布施ちゃんはあれから、局に現れないの？」

「ああ。出てこない」

「なんとか連絡をつけて」

「あいつのケイタイに電話してみるよ」

鳩村は、納得できない表情のまま、そう言った。


布施は、渋谷の街をぶらぶらしていた。若者が享楽のためだけにたむろする奇異な街。渋谷のセンター街や井《い》の頭《かしら》通り、公園通り、ファイアー通りは、若者のためだけにある街だった。

布施はその街に溶け込んでいた。ファーストフードの店などで、女子高生に気軽に声を掛けた。なぜか、布施がやると厭味《いやみ》にならない。女子高生のほうもそれほど嫌な顔はしない。相手に警戒させないタイプなのだ。

布施は、リナとの連絡方法を探していた。そんなことを続けていたある夜、布施は、外国人に声を掛けられた。イラン人のようだった。

「リナ、探しているの、あんたか？」

「そうだけど？」

「あんた、ついてくる。リナに会えるね」

イラン人は歩き出した。彼は宮下公園に入っていった。

「こんなところに、リナが……」

そこまで言ったとき、布施は気づいた。囲まれている。公園の暗がりの中に、少なくとも五、六人の人影が見て取れた。

5

暗闇《くらやみ》から現れた男たちは、全部で五人だった。その半分が髭《ひげ》を生やしている。安物のジャンパー。ゆったりとしていて裾《すそ》の部分だけが細いズボン。

布施を案内してきた男と合わせて六人だ。彼らが襲いかかってきたら、とうてい太刀打ちできない。

「何だよ、これ……」

布施は言った。

「どうしてリナを探す？」

布施を案内してきたイラン人が尋ねた。

「友達に聞いたんだよ……」

布施はうろたえてみせた。「ものすごい美人がやらせてくれた上に、スピードやなんかを売ってくれるって……」

イラン人はじっと布施を観察していた。その眼が実に凶悪そうだった。

イラン人は、仲間に目配せをした。三人の男が布施に近づいた。

「何だよ……」

布施はちょっとだけ抗った。

「おとなしくする。調べるだけ」

三人のイラン人は、布施の身体検査を始めた。まず、武器を持っていないか調べ、次にポケットの中のものを取り出して調べる。

布施のポケットの中からは、財布とボールペンとキーホルダーしか出てこなかった。定期券や名刺入れすらない。

イラン人は財布の中身を調べた。

「返してよ」

布施は言った。「リナに会うために、なけなしの金を持ってきたんだから」

リーダーらしいイラン人は、布施を見て、にやりと笑った。だが、眼は笑っていない。

彼は言った。

「日本人は金持ちね」

「バイトしてためたんだよ」

布施はふてくされたように言った。

「その金で女と薬、買う。ばかね。そんな金があれば、私の国では、家族全部が半年楽に暮らせるね」

「日本じゃこれくらいの金はたいした役に立たないんだよ。だから、楽しみに使う。いいだろう」

「名前は？」

「なんで訊くのさ」

「リナに会いたくないのか？」

「会いたいから探してたんだよ」

「名前は？」

「布施だよ」

イラン人は、片方の眉《まゆ》をつり上げて見せた。

「イラン人のような名前だ。本当の名前か？」

「本当の名前だよ。親も布施、じいさんも布施」

イラン人は笑った。

「何がおかしいのさ」

「私の名、フセインね」

彼は財布を布施目掛けて放った。布施はそれを取り落とし、慌てて拾い上げた。顔を上げたとき、フセインたちは背を向けて去っていくところだった。

「おい、待ってよ。リナは……」

フセインは振り向きもしなかった。男たちが姿を消しても、布施はしばらくその場に立ち尽くしていた。

一組のカップルが布施の脇を通り過ぎた。布施はふたりの視線に気づいてようやく歩き出した。

「ものごと、そううまくはいかないよね……」

彼はつぶやいていた。

宮下公園の、渋谷駅側の階段を降りた。右手にガードがありその向こうがハチ公前のスクランブル交差点、左手が宮益坂下《みやますざかした》の交差点だ。

階段を降りきったところに人が立っていた。女の子だ。

布施は、その脇を何気なく通り過ぎようとした。

「布施って、あんた？」

その女性が言った。布施はその女性の顔を見た。長い髪。ところどころメッシュが入っている。印象的な大きな目に小さめのとんがった鼻。彫りが深く、顎《あご》が細い。

「そうだけど……」

「あたしに会いたいんだって？」

「あ……。じゃ、あんたがリナ……？」

「そう呼ばれているわ」


布施はリナを連れて、井の頭通り沿いにある無国籍料理屋に入った。アジア各地のエスニック料理が基本だが、どこの料理かわからないくらいにアレンジされている。

リナは、店の雰囲気を面白がり、旺盛《おうせい》な食欲を見せた。機嫌がいいらしく、ビールをお代わりした。

「あんた、変わってるね」

「そうかな？」

「あんな連中に囲まれたら、たいてい逃げ出しているわよ」

「びびっちまって、逃げるのも忘れてた」

「あたしとあいつらとの関係も訊かないし……」

「あんたに会ったら、そんなこと忘れちまった」

リナは、面白くもないといったふうに鼻で笑った。

「仕事、何してるの？」

「忘れた」

「忘れっぽいのね」

「実は、それで困ってるんだ」

「あいつら、あたしのしもべみたいなものよ」

「あいつら？」

「イラン人」

「へえ、じゃあ、ペルシャのお姫様だ」

「なんでペルシャなの？」

「イランは昔、ペルシャだったの」

「そうなんだ。ペルシャのお姫様ね。悪くないじゃん。ねえ、コロンビアは？」

「コロンビア？　あの南米の？」

「そう。昔は何ていう国だったの？」

「コロンビアはコロンビアだろう。アンデス山脈とカリブ海……。昔はインディオが住んでいた」

「カリブって、カリブの海賊のカリブ？」

「そうだよ」

「カリブのお姫様ってのも、悪くないわね……」

「何だ？　コロンビア人にもしもべがいるのか？」

「しもべってのと、ちょっと違うけどね……」

「さすが、国際的だな」

「何がさすがなのよ」

「なんとなくな……」

「あんた、面白い人ね」

「そうかね？」

「こうしていると、カップルに見えるよね？」

「釣り合わないよ」

「そんなことない。あんた、けっこうイケてるよ」

「あんたにそう言われると悪い気はしないな」

リナはフォークを置いた。

「ね、歌いに行きましょうよ」

「いいね」

店を出ると、リナはごく自然に腕を絡ませてきた。カラオケ屋に入ると、リナはご機嫌で何曲も歌った。

ビールが回ってきたようで、顔が上気している。

カラオケ屋に入って二時間ほどすると、十一時を過ぎた。

「さてと……」

リナは言った。「お仕事の時間かな？　ホテル行く？」

「あんた、そういう気分？」

「そうでもないな。でも、稼がなきゃ」

「元気だな……」

「元気だよ。それがどうしたの？」

「悩みがあれば、聞こうと思った」

リナは笑った。

「何よそれ」

「困っていることがあったら、相談に乗ろうと思ったんだ」

急にリナの顔つきが険悪になった。

「何言ってるの？　客じゃないなら、あたし、帰るよ」

「客だよ」

布施は財布を出してそれをリナの前に置いた。

「あたしの体が欲しいの？　それともドラッグ？」

「何もいらない。ただ、話をしたかっただけだ。好きなだけ持っていってくれ」

「何言ってんだよ。いい気になるんじゃないよ」

「いい気になっているわけじゃないさ。そっちに話したいことがないんなら、それでいい」

「話したいことなんてあるわけないじゃない」

布施はボールペンを取り出し、紙ナプキンに携帯電話の番号を書いた。

「何だよ、それ」

「相談したいことがあったら電話してくれ。力になる」

布施は紙ナプキンを財布に入れ、財布をリナに持たせた。

「あんた、何か勘違いしてるんじゃない」

「そうかもしれないが、どうも、そんな気がしない」

「あたしを何だと思ってるの？」

「リナという女の子だ。ペルシャのお姫様で、カリブのお姫様」

「ふざけんなよ！」

リナは叫ぶと立ち上がった。

「忘れるな。俺は、力になれる」

リナはドアを蹴《け》るようにして出ていった。布施は、座ったままだった。

「しっかり、財布を持っていきやがった……」

彼は内ポケットのアメックス・カードを確認していた。

6

「やっとつかまった」

携帯電話が鳴り、出ると相手が言った。

「誰？」

「この声がわからないなんて、キャスターとしては心外ね」

「香山さんか……。俺、寝てたんだけど」

布施はベッドから上半身を伸ばし、テーブルの上の携帯電話を取ったのだった。

「午後一時。こんな時間に寝てるなんて、一般人は思わないわよ」

「香山さん、パンピーじゃないんだよ」

「パンピー？」

「一般ピープルてこと」

「鳩村デスクが何度も電話したんだけど、電源が切れていたと言っていたわ」

「あの人、間が悪いんだよな」

「そうかもね。あたしが電話したら、一発でつながったわ」

「女の人が、あまりイッパツなんて言葉、使わないほうがいいよ」

「話があるの。会えないかしら」

「すごいや。人気キャスターからデートの誘いだ」

「ご飯を奢《おご》ってもいいわよ」

「喜んで」

「どこに何時？」

「渋谷、センター街。ファーストキッチン。午後三時」


「あたしの財布に気をつかっているの？」

香山恵理子は、ジーパンにブルゾンというラフな恰好だ。化粧も抑え目で、周りの人間は香山と気づかないようだった。

あるいは、周りの若者たちは香山のことを知らないのかもしれない。彼らがニュース番組を見るとは思えない。

「そうじゃなくて……」

布施はハンバーガーをかじった。「俺は、もぐり込むと決めたら、その街の人間になりきるんだ」

「不思議ね」

「何が？」

「こうして、ハンバーガーを食べているところを見ると、大学生みたいだわ」

「年齢不詳は昔からでね……。話があるんだろう？」

「取材を手伝わせて」

「何だい、それ」

「あたし、インタビューをするわ」

「誰の？」

「誰でもいい。布施ちゃんが追っ掛けている誰か」

「なぜ？」

「映像を、『ニュース・イレブン』のものにするため」

「わかんないな……」

「布施ちゃんのヘッドハンティングの話、聞いたわよ。追っ掛けているネタ、大きいんでしょう？　覚醒剤と少女……。たしか、そんな話だったわよね」

布施は、コーヒーを飲んだ。珍しく不機嫌そうな顔をしている。

「香山さん。やっぱり、俺のこと、わかってないんだな」

「どういうこと？」

「ネタなんて、どうでもいいんだ」

「冗談……。これまで、あれだけスクープを取ってきたのに……」

「それは結果だよ」

「結果？」

「俺はやりたいようにやってきただけさ」

「スクープを取るためにね」

「そうじゃない。スクープなんてどうでもいい。事件に関わっている人のことが気になるんだ」

「報道の基本だわ」

「嘘だね」

「嘘？」

「みんな、人間なんて見てやしないよ。新聞もテレビも……。ニュースを伝えるだけならそれで充分だ。でも、俺はニュースなんかに興味はない。事件に関わっている人って、どんな気持ちだと思う？」

「それぞれでしょうね」

「そう。犯罪を生業《なりわい》にしている人たちもいる。ヤクザとかね。でも、一般の人が事件を起こしてしまったり、事件に巻き込まれたりしたときは、皆同じことを考えている。どうしてこんなことになってしまったんだろうってね」

「それで？」

「何とかしてやりたくなるのさ」

香山恵理子は、布施をじっと見つめていた。

「それは、記者のやることじゃないわ。報道が当事者に直接関わっちゃいけない……」

「だから、俺はだめな記者なんだ」

香山恵理子は心底驚いた表情になった。

「布施ちゃんのスクープの秘密を、初めて垣間見た気がするわ。事件の当事者といっしょに考えるのね」

「特に、女の子には感情移入が強くてね……」

布施はハンバーガーの最後の一口を頬張《ほおば》った。

「普通の記者と視点が違うのね」

「そんな上等なもんじゃないよ」

「いいえ。その姿勢はこれからの報道に必要だわ。引き抜かれるのもわかるわ」

「だから、俺と組もうとしてもだめだよ」

「ますますやる気になってきたわ」

「困った人だ」

「今追っ掛けているネタを、移籍の手土産にされちゃ困るのよ」

「誰がそんなこと言ったのさ？」

「いえ、そんなことはどうでもよくなってきた。布施ちゃんのやり方を見てみたいわ」

「無理だよ。俺は計画的に動いているわけじゃない」

「誰を助けようとしているの？」

「え……？」

「今言ったでしょう？　犯罪に巻き込まれている人を、何とかしてやりたくなるって」

「知らないほうがいいよ」

「ばかにしないで。これでも『ニュース・イレブン』のキャスターよ」

「まいったな……」

「教えて」

「別に隠すつもりはないよ。リナという名で呼ばれている。物凄《ものすご》くかわいい女の子でさ。まだ、都内の有名私立高校に通っているそうだ」

香山恵理子は思案顔になった。

「オヤジ狩りに遭ったあのフリーライター。あなたの友達の……」

「間島かい？」

「その間島さんがテレクラで呼び出したというのがその子ね？」

「そう」

「その子が覚醒剤と関わっているのね？」

「体とドラッグを売る。だから、女のあんたにはどうしようもない。テレビ局のインタビューだなんて言ったら、姿を見せっこないよ」

「方法はあるはずだわ」

「見つけられないよ」

「だから布施ちゃんに頼んでるのよ」

布施は不意に生真面目《きまじめ》な表情になった。これまで香山恵理子が見たことのない顔つきだった。

「やめたほうがいい」

布施は言った。「危険だ。彼女はコロンビアのカルテルの生き残りと関係している。そして、そのカルテルの生き残りはイラン人のグループを手下として使っている」

「女だからできないというの？　それは、性差別よ」

「そう。俺は性差別をする。男にできて女にできないことがある。そして女にできて男にできないことがある。それで自然だと思っている」

「驚いたわ。布施ちゃんがそんなに古風だったなんて」

「古風なんじゃない。不自然なのが嫌いなのさ」

香山恵理子はスツールから立ち上がった。彼女は言った。

「話はだいたいわかったわ。あたしが、そのリナという子を見つけても、文句は言いっこなしよ」

「俺は忠告したよ。やめといたほうが身のためだ」

「あたしはキャスターとしていい仕事がしたいの」

香山恵理子は去っていった。布施は、小さく肩をすぼめ、携帯電話を取り出した。


「俺を呼び出しておいて、つまらない話だったら、豚箱にたたき込んでやるぞ」

黒田は、ダイヤモンドホテルの喫茶室ですごんでいた。

「リナに会ったよ」

黒田は、口許《もと》まで運んだコーヒーカップを止め、布施をじっと睨んだ。

「俺たちがリナの行方を追っていることを知っていて、そういうことをするのか?」

「見つけた者勝ちでしょう。リナは指名手配されているわけじゃない。通報する義務はないんじゃない?」

「何を話した?」

「彼女、ペルシャのお姫様で、カリブのお姫様なんだそうだ」

「何だ、そりゃあ」

「イラン人を手下にして、コロンビア人と付き合っている。俺はそう解釈したけど。確証はないよ」

「確証？　くそくらえだ。だいたい様子がわかってきたぞ。メデジン・カルテルやカリ・カルテルといったコロンビアのマフィアの残党が日本に多く流れ込んでいる。やつらは、販路にイラン人を使っている」

布施はうなずいた。

「イラン人は、南米系娼婦に取り入ってボディーガードになり、その娼婦を使ってドラッグの客を見つける。街では若者に声を掛けて気軽にドラッグを売る……。多くの高校生は、そのあまりの気軽さに罪の意識を忘れちゃうんだ」

「リナという娘も、そういうケースなのか？」

「わからない。だけど、ちょっと違う気がする。リナはコロンビア人の大物の彼女なんじゃないかな？」

「なぜわかる？」

「イラン人はしもべのようなものだと言っていた」

黒田は、じっと考え込んでいた。

「俺は麻薬担当じゃない。あくまでも、幡野修一を殺した犯人を追っ掛けているんだ」

「間島を襲撃したとき、幡野修一とリナはいっしょに姿を消したんだろう？」

「そうだ」

「ならば、だいたい筋はわかりそうなもんじゃない」

「幡野修一とリナが深い関係になったということか？」

「リナは客を取っていたんだから、それだけじゃ、コロンビア人の彼氏も腹を立てたりしないだろう。それ以上のことがあったんじゃないの？」

「例えば？」

「幡野修一がリナを連れて逃げようとしたとか……。リナっていい女だもんな……。そして、それには商売が絡んでいる。ドラッグの上がりを二人で持ち逃げしようとしたのかもしれない。色と金が絡むと、マフィアは決して相手を許さない」

「見せしめが必要だからな……」

「犯人は、明らかじゃないか？」

黒田はいきなり立ち上がった。

「ちょっと待ってよ。情報提供の見返りが欲しいな」

「スクープならくれてやる」

「そうじゃない。うちのキャスターを張ってほしい」

「キャスター？」

「香山恵理子だ。リナに会おうとしているんだ」

「それがどうした？」

「危険なんだよ」

「おまえはリナに会ったが無事だった」

「俺は身分を明かしていない。けど、香山恵理子はテレビの取材だと言うだろう。テレビ局が近づいたとわかったら、コロンビア・マフィアは黙ってはいない」

「その香山恵理子とやらが、リナを探し出せるとは限らない」

布施はにこりと笑った。

「間島も俺もリナを探し出した。彼女の周りには優秀なスタッフがいっぱいいる」

「てめえの尻はてめえで拭《ふ》けと言ってやれ」

黒田はさっさと歩き去った。

7

その日の『ニュース・イレブン』の会議はいつになく真剣な雰囲気だった。

六時から行われる一回目の会議は、だいたいのその日の流れを確認し合うだけのものでしかない。だが、その日は違っていた。

鳩村の担当日だが、別の班の記者やディレクターにも集合がかかっていた。もうひとりのデスクも顔を出している。

「リナという女の子は、必ずまた布施ちゃんと接触するわ」

香山恵理子は言った。

「リナを探し回るより、布施を張っていたほうが確実だということか？」

ディレクターのひとりが言った。

「だが……」

鳩村デスクは慎重だった。「布施がリナと接触するとは限らない」

「このまま終わるはずはないわ」

香山恵理子は言った。「布施ちゃんのことだから手は打っているはずよ」

記者のひとりが言った。

「殺人事件との絡みがよくわからない」

「殺人事件？」

誰かが訊いた。

「そうだ。間島憲久を襲った少年が殺された。リナっていうのは、そのとき、間島が会っていた少女だろう？　だが、警察はリナが容疑者だとは言っていない」

「少年は、惨殺死体で発見されたんだろう？」

鳩村デスクが思案顔で言った。「少女ひとりにそんな真似ができるとは思えない」

「だからさ、そのつながりだよ。リナがどう関係しているか……」

「話を聞けばわかるかもしれないわ」

香山恵理子が言う。

「しゃべるはずないだろう。殺人事件に関係しているんだ」

記者は香山恵理子の甘さを嘲笑《あざわら》うように言った。

「はっきりとは言わないかもしれない。でも、何かがわかるかもしれない」

「しかしな……」

ディレクターは顔をしかめていた。「捜査中だろう？　事件に関わる人物のインタビューなんて……」

「だからスクープなのよ」

香山恵理子はあくまでも強気だった。「警察は、リナのことを発表したわけじゃないわ」

「まあ、公判中なわけじゃないしな……」

「そうだな……」

鳩村デスクが皮肉な調子で言った。

「布施を監視するという点では大いに賛成だがね……」

「どうやって？」

もうひとりのデスクが驚いたように言った。「俺たちはみんな、布施に顔を知られているんだ。尾行なんて不可能だ。すぐに気づかれてしまう」

一同は黙りこくった。

「やはり、独自でリナを探したほうがよくないか?」

記者が言った。

「いや、俺たちは布施ほど情報を握っていない。どういう状況なのかもよくわかっていない」

ディレクターが言った。別班のデスクが苛立たしげに言った。

「どうして布施は情報を共有しようとしない。テレビの取材はチームワークだ」

記者が苦笑いを浮かべた。

「それが布施のやり方です」

それまで、じっと皆のやりとりを聞いていたキャスターの鳥飼行雄が、溜め息まじりに言った。

「私立探偵でも雇いますか」

香山恵理子は顔を上げた。

「それよ」

「それ……?」

鳥飼行雄は驚いて香山恵理子を見た。「『ニュース・イレブン』が私立探偵を雇って自分のところの記者を尾行させるってのか……？」

「探偵じゃなく、プロダクションを使うのよ。下請けの報道プロダクションならば、布施ちゃんの知らない人がいくらでもいるわ」

鳩村デスクは、言った。

「布施に事情を話したほうが早くないか……？」

鳥飼行雄が言った。

「忘れたのか？　ヘッドハンティングの話。布施ちゃんは今度のネタ、『ニュース・イレブン』に持ってくるとは限らないんだぜ」

「くそっ」

鳩村は毒づいた。「あの裏切り者め」

「職場の選択は自由よ。それが資本主義社会ってもんだわ」

「さあ、それじゃやろうじゃないか」

鳩村が気乗りのしない様子で言った。「結果はどうあれ、やってみよう」

布施は渋谷の街をぶらつく日々を過ごしていた。

ゲームセンターにパチンコ屋、書店に飲み屋に喫茶店。デパートをうろつき、東急ハンズやロフトを覗《のぞ》いて歩く。

彼の行くところに、常にイラン人の姿があった。

「ご苦労なこったな……」

布施は、必ず三人ほどで街角にたたずむ彼らを見てつぶやいていた。

「ま、彼らが監視している間は、リナから連絡が来る可能性があるということだ……」

布施がぶつぶつつぶやくと、驚いたように前を歩いていた女子高生たちが振り返った。

布施は思わずほほえんだ。

女子高生たちは、「気持ちわりぃ。ばっかじゃん」と吐き捨てるように言うと歩き去った。

制服のミニスカートはかわいいが、その態度はいただけない。布施はそんなことを考えていた。大人に媚《こ》びることをかたくなに拒否するのはわかる。だが、マスコミが女子高生をちやほやすることで増長してはいけない。

そこに必ず落とし穴がある。

そう。おそらく、リナがはまったような落とし穴が……。

その日も、リナからの電話はなかった。布施は、深夜に帰宅した。

携帯電話が鳴ったのは、その三日後のことだった。

「誰だかわかる？」

「お姫様だ」

「今、話できる？」

「いつでもオーケイだよ」

「あんた、いったい何者？」

「なんだ。尾行をつけていてわからなかったのか？」

「尾行？」

「いつもイラン人がどこかで俺を見張っていた」

「気づいていたの？」

「あんなにあからさまにやられりゃ、誰だって気づくさ」

「見張らせていたからよけいにわからないのよ。何者だか……」

「困っている女の子の味方」

「ふざけないでよ」

「本当のことさ」

短い沈黙。

「あんた、あたしの話、聞く気ある？」

「聞いてもいい」

「『コリドー』ってホテルに行って。リナと約束していると言えば、部屋に案内してくれる」

電話が切れた。

布施は、外出の用意を始めた。

『コリドー』は、渋谷のホテル街にあるありふれたラブホテルだった。ホテル街をぶらつくとすぐに見つけることができた。

部屋に入って二十分ほど待つと、リナが現れた。

「財布、返すわ」

リナは空の財布を放ってよこした。

「よかった。この財布は高かったんだ」

「あたしの財布の十分の一くらいの値段だね」

「金持ちなんだな」

「そう。贅沢《ぜいたく》しているよ。シャネルなんて目じゃないね。どうしてかわかる？」

「稼いでいるからだろう？」

「あたしの稼ぎなんてたかが知れている。あたしは繋《つな》ぎを作るだけ。十人客を取れば、そのうち一人は金づるに出会う。あたしの彼が大金持ちなの。金持ちであたしには優しい。何でも買ってくれる。普通の人じゃ手に入らないようなドラッグもたっぷり持っている……」

「そう。コカインがメイン。でもアップジョンもＬＳＤも手に入るよ」

「コカインか？」

「楽しんでるんだな？」

「そうね……。普通の高校生じゃ経験できないことをやっている」

「普通のことを普通にやるのが幸せということもある」

「先公みたいなこと言うんじゃないよ」

「いや、俺の実感さ」

　リナは冷蔵庫からビールを出して飲んだ。布施も飲んだ。布施は小さなソファに座り、リナはベッドに腰掛けた。

「楽しいかどうかなんてわからない。でも、どうせもう逃げられない」

「逃げられない？　その彼氏からか？」

「あたしを連れて逃げようとしただけで、殺されたやつもいるんだよ」

「そいつは物騒だな」

「だから、あんたもあたしになんて関わらないほうがいいよ」

「そう思うなら、どうして電話してきたんだ？」

　リナは何も言わなかった。

「俺だって、手助けできないと思ったらあんなことは言わない」

「あんたも殺されるよ。あいつ、あたしを連れてどこか別の町に行こうって言ったんだ。あたしは逃げるチャンスかもしれないと思った。でも、嗅《か》ぎつけられちゃった。彼氏は、そいつが、あたしと稼ぎを盗んで逃げようとしたと思い込んだんだ」

「あんた、両親は？」

「いるよ。オヤジは普通のサラリーマン」

「何も知らないんだろうな？」

「知らない」

「あんたが逃げたら、その彼氏とやらは、両親のところに行くだろう。そのことは考えなかったのか？」

「考えなかった」

「逃げるだけじゃだめなんだ」

リナは鼻で笑った。

「わかってる。もうどうしようもないんだ。せいぜい贅沢な暮らしを楽しむよ」

「あんたが、それでいいと言うなら、俺は何も言わないよ。あんたの人生だ。俺はこのまま帰る。そして、あんたとは二度と会わない。だが、その暮らしを終わりにしたいと思っているのなら、手を貸そうじゃないか」

「どうやるの？」

「警察の手を借りる」

「マッポなんて冗談じゃないよ」

「そう。あんたも無傷ではいられない。だが、このままだともっとひどいことになる。手術だと思えばいい。あんたも傷を負う。だが、それは治療のための傷だ」

リナは今度は鼻で笑うようなことはなかった。彼女は、手にしたビールの缶をじっと見つめ、考え込んだ。


「布施が、ラブホテルに入った?」

鳩村デスクが電話を取り、言った。

『ニュース・イレブン』の会議用テーブルにいたすべての人間がそちらを見た。鳩村は、電話を切ると説明した。

「布施は渋谷の『コリドー』というホテルに一人で入ったらしい。十分ほど前のことだと言っている」

「接触だ……」

ディレクターのひとりが言った。

香山恵理子が立ち上がった。

「カメラを用意して。中継はいいわ。ＶＴＲに収めるから……」

「待て」

鳩村がびっくりした顔で言った。「オンエアまで、あと一時間だぞ」

「チャンスはもうないかもしれない」

「ばかな。番組に穴を開けるのか？」

鳩村がわめいた。

「生放送だ。何が起きても不思議はない」

そう言ったのは、キャスターの鳥飼行雄だった。彼は、香山恵理子に言った。「行けよ。間に合わなかったら、俺一人でやる」

「ありがとう」

「俺も行こう」

香山恵理子はほほえむと出入口に向かった。

ディレクターが勢いよく立ち上がり、香山恵理子の後を追った。

鳩村はテーブルに両肘をつき、頭を抱えていた。


長い沈黙の後、リナは言った。

「普通に学校に行って、部活でもやって……。同じくらいの年の男の子とデートして……。そんなのばかにしてた。あたしは特別だと思ってたわ。そんな暮らしに憧《あこが》れるとは思ってもいなかった」

「戻れるさ。時間がかかるかもしれないが……」

「いいわ。あたし、今のままで。彼と海外で暮らすの。贅沢な暮らしよ。海のほとりに別荘をいくつも持って、ヨットでクルージングするの。大きな家で何人ものお手伝いさんや使用人を使って暮らすの」

「常に抗争に怯《おび》えてな」

「抗争？」

「マフィアの生活なんてそんなものだ。金銭的には不自由はないかもしれないが、いつも何かに怯えていなければならない」

「どうしてマフィアだとわかるの？」

「俺が何もわからずに手助けするなんて言ったと思っているのか？」

「ならば、どうしようもないことがわかるでしょう？」

「いや。君に覚悟さえあれば何とかなる」

「どんな覚悟？」

「警察に捕まる覚悟だ」

「ばか言うんじゃないよ」

「心配するな。情状酌量の余地もある。そんなに重い罪にはならない」

「あんた、マッポなの？」

「いや。ＴＢＮの記者だ」

「ちくしょう……」

リナは唇を噛んだ。「てめえ、あたしのことテレビに流す気だったんだな」

「そう。すべてが解決した後でね。もちろん、あんたは未成年だから名前も顔も出さない」

「うまいこと言いやがって」

「本当のことさ。まず、あんたの身の上のことを解決するのが先だ。そのために俺はあんたに会った。そうでなければ、最初に会ったときにカメラ回してるよ。それだけの映像があれば番組は作れる」

リナの興奮はすぐにおさまった。彼女は、再び考え込んだ。また長い沈黙があった。

やがて、彼女は立ち上がった。

「あんたのこと、信用できるかどうか。もうしばらく考えてみるよ」

「そうか」

リナは部屋を出ていった。布施は止めなかった。

8

「女の子が一人で出てきた」

ディレクターがささやいた。

「リナかもしれないわ」

香山恵理子が小声で言葉を返す。「あたし、行ってみるわ」

ディレクターがうなずいた。

香山恵理子は、ホテルから出てきた女性に近づいた。

「リナさん？」

香山恵理子が声を掛けると、相手は顔を上げた。

「何だよあんた」

「ちょっと、話が聞きたいんだけど」

「あたし、レズの客は取らないよ」

「ドラッグもあるんでしょう？」

リナは香山恵理子の顔をしげしげと眺めた。

「あんた、テレビで見たことあるよ」

リナの眼が奇妙な光り方をした。「話を聞きたいって?」

「ええ。時間は取らせないわ」

「テレビの取材だろう。顔は映さないよね……」

「ええ。音声も変えるわ」

「いいよ。こっち来なよ」

香山恵理子はディレクターとカメラマンにオーケイサインを送った。

リナは香山恵理子たち三人を連れて東急本店通りに出た。

「どこへ行くの?」

「いいから、ついてきなよ。落ち着いて話ができるところさ」

リナは、宮下公園にやってきた。

「ここでカメラを回したら、人が……」

香山恵理子がそう言ったとき、木陰から何人か飛び出してきた。

ひとりが香山恵理子の口を塞《ふさ》ぎ、別の男がタックルした。

驚いたディレクターが声を上げようとしたとき、その首筋にぴたりと冷たいものが押しつけられた。

大きなナイフだった。カメラマンも同様の目に遭っていた。

「女だけでいい。連れてきな」

リナの声が聞こえた。

ホテルを出たところで携帯電話が鳴った。布施が出ると、リナの声が聞こえた。

「汚いね。テレビ局の人を外で待たせていたんだ」

「何のことだ？」

「シカトすんなよ。ここに香山って女がいるよ。これから、皆で輪姦《まわ》して、シャブ漬けにしてやる。そして、客を取らせるんだ。ちょっと年増だけど、テレビで顔売れてるからいい金になるだろうね」

「どうしてわざわざ俺に電話すんのさ」

「あんたを苦しませてやりたいのさ。あたしを騙《だま》そうとしたんだからね」

「騙そうなんて思ってやしなかったさ」

「それが嘘じゃないんだったら、一人で助けに来なよ。どうせ、助けられやしないけどね」

「どこにいるんだ？」

「彼氏の家さ。マフィアの住処《すみか》だよ。来る度胸あんのかよ」

「どうだろうね」

「南平台《なんぺいだい》のマンションだよ」

リナはマンション名と部屋番号を言った。布施は、迷わずにその部屋に向かった。

香山は手足をガムテープで縛られ、ベッドの上に放り出されていた。部屋の中には二人のイラン人がおり、さらに、外に四人いた。部屋の中にいる二人の片方がフセインだった。

豊かな顎鬚《あごひげ》をたくわえたラテン系の男が、一番奥のソファにくつろいだ様子で腰掛けていた。そのかたわらにリナが立っている。

香山は不安そうに成り行きを見つめている。布施は出入口近くに立っていた。

「あんた、ばかだね」

リナが言った。「殺されに来ることはないのに……」

「そうかもね」

布施が言った。彼は緊張していない。リナはそんな布施を見て不思議そうな顔で尋ねた。

「他人のことなんて放っておけばいいだろう?」

「そうはいかない。大切な仕事仲間だ」

「あんたが来たって、助けることはできないんだよ」

「彼女の中に、俺が助けようとした記憶は残る。絶望の中にいてもそれが救いになるかもしれない」

「あの女も殺してやる」

「俺が助けに来たんだということを確認して死んでいける。それだけでも意味がある」

「あの女にそこまでしてやる価値があるということなの？」

「彼女だけじゃない。俺のそばにいる人には同じようにする」

布施は、淡々と言った。「もし、あんたが助けを求めたら、俺は同じように駆けつける。何もできないにしてもね……」

「うそ」

「嘘じゃない。今からでも遅くない。俺に助けを求めればいい」

リナは何も言わなかった。

「すばらしい」

鬚のラテン系が流暢《りゅうちょう》な日本語で言った。「私は、ドラマが好きだ。特に悲劇がね。なかなかいいシーンを見せてもらった。お礼に、できるだけ楽な死に方をさせてあげよう」

「あんたは？」

「ドミンゴ。ホセ・ドミンゴだ」

「リナとはどこで知り合った？」

「神のお導きだ」

「へえ。都合のいい神らしいね」

「彼女が私のエージェントからドラッグを買った。エージェントは彼女を私に紹介してくれた。知っているかね？　リナのおじいさんはブラジル人だったそうだ。血が呼び合ったのかもしれない」

リナは無言でいた。何かを考えている。

「なるほど。よくわかった。彼女ははめられたんだ」

「私は愛しているんだよ」

ホセ・ドミンゴはリナの手を取った。

「俺なら愛している女に客を取らせたりしない」

リナは突然、ドミンゴの手を振りほどき、布施に向かって突進してきた。布施はリナを受け止めた。

布施にしがみつくとリナは叫んだ。

「もうたくさん。あたしを助けて！　助けてくれるって言ったでしょう！」

ホセ・ドミンゴの目がすっと細くなった。危険な光がその眼に宿る。

「私からリナを奪おうとした男がどうなったか知っているかね？」

「なぶり殺しにされた」

布施は言った。「ペニスを切られてな」

ドミンゴはかぶりを振った。

「できるだけ楽に殺してやろうと思っていたんだが……」

彼は、フセインに英語で命じた。「この間と同じく、山の中で片づけろ」

フセインは、香山を見た。舌なめずりしそうな目つきだった。ドミンゴは、しょうがないな、という顔つきでうなずいた。

「いいだろう。外の仲間を呼んで、皆で楽しむがいい」

フセインは、ドアを開け仲間を呼んだ。何人かの足音が聞こえてきた。

「ねえ、何とかして」

リナが叫んでいた。「助けてくれるんでしょう?」

ドミンゴが立ち上がり、怒鳴った。

「こっちへ来い。おまえはもう俺から離れられないんだ」

布施はしっかりとリナを抱いていた。

「俺は殺されても、この子を離さないよ」

フセインの叫び声が聞こえた。

ドアから入ってきたのは、フセインの仲間ではなかった。明らかに日本人だった。ジャンパーや背広を着た男たちが数人。そして制服を着た警官。

その先頭に黒田がいた。

「動くな。誘拐・監禁の現行犯、ならびに殺人の容疑で全員逮捕する」

ドミンゴが、懐に手を入れた。その手に四五口径のオートマチックが握られていた。

「伏せろ！」

誰かが叫んだ。布施は夢中で、リナをかばうようにして床に伏せた。

銃声が轟《とどろ》いた。

その後何も起こらない。布施は顔を上げた。ドミンゴはまだ撃ってはいなかった。

黒田がリボルバーを握っており、その銃口からかすかに煙が上がっている。

ゆっくりとドミンゴが崩れ落ちた。


「黒田さん、射撃うまいんだ」

マンションの外で、布施は黒田に言った。黒田は蒼《あお》い顔をしていた。

「まぐれかもしれねえ。くそっ、なんだか手が震える。長年刑事をやっているが、人を撃ったのは初めてなんだ」

ドミンゴは病院に運ばれ、あとの連中はすべて警察に連行された。その中にはリナも含まれていた。

警官に連れていかれるとき、リナはもう一度布施に抱きつき、小さな声で「ありがとうね」と言った。

「やっぱり、香山さんを護衛していてくれたんだ」

「護衛じゃない。監視していたんだ。おまえらのやることは危なくってしいけない」

肩から毛布をかぶせられた香山が玄関から出てきた。

「やあ、だいじょうぶかい？」

布施は言った。「リナのインタビュー、取り損なったな」

「だいじょうぶかですって？」

香山は言った。「あなた、リナを抱きしめてあげたわね」

「ああ……」

「あたしも抱いて」

香山は布施に体を預けてきた。布施はその体を抱いた。がたがたと震えていた。

黒田を見ると、布施が言った。

「あんたも抱いてやろうか？」

黒田は何か罵《ののし》りの言葉を吐いて足早に歩き去った。

平河町の『かめ吉』で、布施は黒田をつかまえた。

「リナはどうなるの？」

「裁くのは俺の役目じゃねえ」

それから、黒田は上目遣いに布施を見て言った。「だが、俺が思うにあの娘は被害者でもある。マフィアに利用されていたんだ。覚醒剤の売買をしたという事実は消せないが、裁判所も鬼じゃない。特に彼女は少年だからな」

法律上は、女性でも少年という言い方をする。

「それを聞いて安心したよ」

「あの娘もたいへんなのはこれからだよ」

「だいじょうぶ」

布施は言った。「あの子はばかじゃない……」

酒場の中の雰囲気が変わった。むくつけき男たちが出入口に注目している。香山恵理子が戸口に立っていた。

「やっぱり、ここにいたのね」

香山恵理子は布施に言った。布施は黒田に言った。

「この人、あれから局に帰って、番組に出たんだ。たいした人だろう」

「ああ」

黒田はむっつりと言った。「だが、もうあんな無茶はやめてほしいな」

それが照れ隠しであることが、布施にはわかっていた。

香山恵理子が布施に言った。

「ヘッドハンティングのこと、どうなったの？」

「俺、最初から移る気なんかないよ」

「何ですって？」

「鳩村デスクほどやりやすい上司、いないもの。サラリーマンのほうが気が楽だしさ」

「あたし、なんだかばからしくなってきたわ」

「そう。あまりがつがつやる気見せるの、香山さんらしくないよ」

「あたしも飲もう」

「十一時からオンエアだろう？」

「もういい。かまわない。飲むわ」

彼女はカウンターに向かって叫んだ。「大ジョッキひとつね」

店中の男たちが振り返った。

解説

関口苑生

今野敏が作家としての第一歩を踏み出したのは、今から三十年ほど前の一九七八年。筒井康隆が激賞した「怪物が街にやってくる」で『問題小説』の新人賞を受賞してのことだった。まだ上智大学に在学中の頃である。その後一度は就職し、二足のわらじを履く生活をしばらく送るが、最初の著書『ジャズ水滸伝《すいこでん》』（一九八二年、のちに改題して『超能力セッション走る！』）を発表後は作家業に専念。それからほぼ四半世紀以上の間、ほとんど休むことなく書き続け、作品数も百五十作あまりを生み出し、現在にいたっている。

と、こんなことはもちろん今野ファンならば当然ご存知だろう。そんな今さらの事実をあえてここに記したのは、たとえ好きで選んだ道とはいえ、この「休むことなく」書く作業というのがいかに大変で、精神的にも肉体的にも労苦を強《し》いられ、苦渋に満ちたものであるかを知ってほしかったからだ。しかも彼の場合は――失礼を承知で書かせていただくと、爆発的に売れることもなく、大きな賞を獲《と》るわけでもなく、ほとんどの著書が初版どまりで、経済的にはまったく先の見えない状態が長らく続いていたのであった。言葉を換えて言えば、走るのをやめればすぐに倒れてしまう自転車操業である。そういう状況のなかで、彼は同期デビューの仲間や後輩作家たちが次々と第一線に躍り出ていくのを見送りながら、腐りもせず、ひがみもせず、またおのれを嘆くでもなく彼らを祝福し、ひたすら自分の仕事に邁進《まいしん》してきたのだ。内心での思いはいざ知らず、少なくともわたしにはそう見えたたし、彼自身もまた表面的には陽気に振る舞っていたものだ。そう。まるで、演歌の世界の主人公のようにである。

しかしそれはもう一方で、悲惨な現実を目の当たりにしてきたせいもあったかもしれない。せっかくのデビューをはたしながら、多くの新人や中堅作家たちがその後いつの間にか消えてしまった現実だ。

実際に、今でも毎年数多くの新人が賞を獲るなどしてデビューしているが、そのあとがなかなか続かない。つまりデビューするまでが精一杯で、二作目、三作目が書けずに立ち止まり、やがて忘れ去られていく例がかなり目立つように思うのだ。あるいはまた、思うように売れ行きが伸びず、書評などでも無視されることが続いて次第に創作意欲を失って筆を折ってしまう場合もある。さらにはライターズ・ブロックといって、突如として壁が訪れ、まったく書けなくなってしまった作家も少なくない。

だが、かりにどういう事情、原因があるにせよ、立ち止まることは許されない。エンターテインメント作家は書き続けることが宿命なのだった。特に日本では、よほど名の知れた人でないかぎり、二年も三年も新作が出ない作家は読者からも版元からも見放される恐れが多分にあった。要するに書かなければ消えていくし、当然のことながら経済状態も逼迫《ひっぱく》していく。けれど、何を、どのように書いたら売れるのか、喜ばれるのか、それは誰にもわからない。その時々の流行に合わせて作風を変え、時流に乗った作品を書くというのもひとつの方法だろうが、その場合は、はたしてそれが本当に自分のやりたかったことなのかという疑問も残る。つまりは葛藤《かっとう》とせめぎあいの繰り返しで、日々これ悩みと苦しみの連続といっていいだろう。

今野敏はそうした日々を送りつつも、一貫して自分が信じる道を突き進み、休むことなく書き続けてきたのである。ある意味で頑固とも愚直とも言えようが、ともあれこの一事だけでもわたしは頭が下がる。それゆえ、彼が二〇〇六年と〇八年に大きな賞を立て続けに受賞したときには、世の中はまだまだ捨てたものじゃないと思ったものだ。

そもそも今野敏はデビューからしばらくの間、SFと伝奇、そこに加えて拳法アクションを前面に出した作品を書く作家と見られていた。いや、見られていたというよりも、それを書きたいからこそ作家になったと考えるほうが正しいだろう。この姿勢は現在でも揺らぎはない。しかし、そうかといってただ単に派手なストーリー作りに終始していたわけではない。子細に、注意深く読み込んでいくと、そこにはいつも環境保護の問題であるとか、少年犯罪の現況、人と人との結びつき、心の絆《きずな》といったテーマをさりげなく忍び込ませていたことに気づく。

エンターテインメント作家に共通する不幸と言っていいかもしれないが、表の衣裳《いしょう》ばかりが取り沙汰《ざた》されると、内に込められていたテーマは一切言及されずに過ぎてしまうことが往々にしてある。が、だからといって今度は自分の主張、思いのたけを得々と語られても小説にはならない。要はバランスの問題なのだが、これが何とも難しいのだ。ことに初期の今野作品は主人公のキャラクター（美少女など）に特徴があって、その造形を生かしたエピソードを重ねていくと、当時主戦場としていた新書ノベルスの枚数では、あれもこれもと詰め込む余裕はなくなってしまうのだった。

もちろん、それでもこれを転機とすべく、いくつか勝負を賭《か》けた作品はある。たとえば、ＳＦでの最初の勝負作は『宇宙海兵隊』（一九九〇年）だったが、これは本人がこよなく愛する《機動戦士ガンダム》へのオマージュであると同時に、テーマもきわめて崇高な人類のありようを問うたものであった。だが残念なことに本格スペース・オペラという体裁が当時の今野ファンの体質に馴染《なじ》まなかったのかさほど人気は出ず、ほんの序盤あたりで中断という憂き目に遭う。

また拳法（格闘技）というジャンルでの勝負作には、今野敏版〈宮本武蔵〉と名付けてもいいだろう全十篇からなる『孤拳伝』（一九九二〜九七年）がある。空手を筆頭とした拳法の奥義とは何か、強くなるとはどういうことか、さまざまな異種格闘家たちと戦いながら悟っていく少年の姿が描かれたこの作品は、きわめてまっとうな成長小説、教養小説であった。しかし、内容も分量も大部な作品であるせいか一部では絶大な支持を得たものの、大きな話題にはならずに終わってしまったように思う。けれども、この流れの作品は後に『惣角流浪《そうかくるろう》』（九七年）、『山嵐』（二〇〇〇年）、『義珍の拳』（〇五年）、などの本格格闘家小説として結実していく。

もっとも、考えてみれば今では今野敏の代名詞とも言える〈警察小説〉にしても、その最初は正当に評価されていたとは言い難かった。一九八八年から九一年にかけて書き継がれた『二重標的《ダブルターゲット》』『虚構の殺人者』『硝子《ガラス》の殺人者』の《東京ベイエリア分署》シリーズも彼にとっては勝負作であったが、現実社会における新副都心計画の挫折《ざせつ》といった影響もあり、これまた三作で打ち切りとなってしまっているのだ。

こんなふうに見ていくと、まったく今野敏の作家人生はいばらの道の連続だったようにも思えてくる。また、現在では人気も評価も高い作品が、どうして発表時には見向きもされなかったのかなど、時代の流れの皮肉としか説明のしようがない事例もある。しかしまあ、それもこれもすべてを含めてひとつだけ言えることは、こうした試練を乗り越えて生き抜いてきた作家には、本物の強さが備わっているということだ。少々のことではくじけないしたたかさ、どんな状況にも即座に対応できる柔軟さ、この両方の強さが今野敏の裡《うち》でゆっくりと確実に育まれていたのである。

本書『スクープ』は、そんな今野敏の歩みから言えば、時期的にはちょうどターニング・ポイントを迎えた頃の作品と言えようか。というのは、種々の事情で打ち切りになったとはいえ、本人はある程度の手応えを感じていた《東京ベイエリア分署》のスピンオフ的な作品『蓬萊《ほうらい》』を九四年に発表し、続いてその翌年、さらに警察小説のスタイルを色濃く打ち出した『イコン』の成功で、作者の意識がこの時期で確実に変わってきたからだ。これでいける。この方向性で間違っていないという確かな手応えである。警察小説自体は別段目新しいものではなかったが、彼はそこに事件の背景を追求する姿勢と、組織の一員としての刑事たちが垣間見せる人間ドラマを浮き彫りにしてみせたのである。これが従来の謎解き一辺倒の刑事ものにはなかった魅力として読者に歓迎されたのだ。この流れは続く『リオ』（九六年）、『慎治』（九七年）でより深化していく。が、その一方で現実と虚構が交錯する『事件屋』（九四年）といった実験的小説や、本書のような一風変わった事件ものにもチャレンジしていたのであった。

本書の主人公・布施京一はテレビ局ＴＢＮの報道局社会部遊軍記者で、看板番組「ニュース・イレブン」のスタッフという設定だ。番組で扱うネタは事件や事故に限らず、政治から風俗、芸能まで幅広い。それも何か出来事が起こったあとのことを追いかけるばかりではなく、時には起こる前から取材していることもある。これはつまり、刑事が主人公の警察小説ではできないスタイルで、なおかつあらゆる方面から横断的に現代社会が抱える諸問題を取り上げようという作者の意欲的な決意のあらわれにほかならなかった。だがわたしが一番感心したのは、ここで作者はあえて生活臭を感じさせない人物を配置し、同じく一般庶民には縁遠いような事件を描きながら、実はこれこそが現実なのだと思わせる奇跡のような物語を実現させていることなのだった。

どうかその腕の冴えを存分に味わっていただきたい。

今野　敏の本

惣角流浪《そうかくるろう》

武田惣角。触れるだけで相手を投げ飛ばす、大東流合気柔術の祖である。「進む道は武芸なり」の信念のもと、武士の世が終焉を迎えた維新後もひたすら修行に励む。のちの講道館柔道の創始者・嘉納治五郎との対決を機に、惣角の流浪が始まる。西郷隆盛との邂逅、琉球空手の使い手・伊志嶺章憲との闘い。合気の道を極めんとする男の青春。

集英社文庫

今野 敏の本

山嵐《やまあらし》

戊辰戦争の余燼も冷めやらぬ会津の地から、ひとりの若者が上京してきた。五尺に満たない小兵ながら、その天賦の才を講道館創始者・嘉納治五郎に見出された彼は、柔道の修行を始める。独自の技「山嵐」を編み出し、講道館四天王のひとりに数え上げられるが……。『姿三四郎』のモデルとなった伝説の柔道家・西郷四郎の壮烈なる半生。

集英社文庫

今野 敏の本

琉球空手、ばか一代

強くなりたい！ ブルース・リーに憧れて空手道を歩みはじめた少年今野。手作り巻藁《まきわら》を突き、鉄下駄代わりに父親の下駄を履いての跳び蹴り特訓。気がつけば空手塾を主宰し、指導の合間に本業にいそしむ立派な〝空手ばか〟になっておりました。文壇屈指の格闘家がつづる爆笑自伝エッセイ。五月女ケイ子の豪快なイラストも満載！

集英社文庫

集英社文庫

スクープ

2009年2月25日　第1刷
2023年9月13日　第22刷

定価はカバーに表示してあります。

著　者　今野《こんの》　敏《びん》

発行者　樋口尚也

発行所　株式会社 集英社
東京都千代田区一ツ橋2-5-10　〒101-8050
電話　【編集部】03-3230-6095
【読者係】03-3230-6080
【販売部】03-3230-6393（書店専用）

印　刷　株式会社広済堂ネクスト

製　本　株式会社広済堂ネクスト

フォーマットデザイン　アリヤマデザインストア　　マークデザイン　居山浩二

ISBN978-4-08-746401-6 C0193